獸醫五年生

林俐馨 著

【重要角色介紹】

承翰

陰沉、寡言、偏執、容易過不去、對人防備心強，對動物則無條件地充滿愛，充滿自以為的正義感，無法接受任何會傷害動物的行為。獸醫系的逃兵，傳奇的謎樣人物。大五休學去當兵，再當義工三年後復學，加入這屆一起實習才能畢業，與大學同學永潔是班對，休學後因不想再讓永潔承受師長的壓力而單方面對她提出分手。

家中三代行醫，經濟優渥，當初選填獸醫系就遭家人反對，斷絕經濟來源，寧可去打工也不願屈服，家人始終沒有放棄要他繼承家業當中醫的期待。一心想當獸醫的初衷是小一時在公園撿到一隻流浪狗，偷偷養在車庫裡。身為獨生子的承翰，在他孤僻的童年中，這隻小狗是他唯一的朋友。

MJ

本名蔡忠全，藝術家性格，易感浪漫，追求快樂，抗拒固定生活模式，今朝有酒今朝醉，因為風趣幽默，很得人緣，有他在的場合就會有表面上的笑鬧歡樂。有一點小聰明，加上很會討人歡心，腦筋活，會用各種方式來應付獸醫系的課業，拜託人代打、請學姐吃飯換考古題、甚至作弊。

能歌善舞的他為自己取了ＭＪ這個綽號，希望像Michael Jackson一樣創造出超炫的舞步、站在最大的舞臺上接受歡呼，可是一進入實習生活，他才發現，他即將步入的工作似乎會離他的夢想越來越遠。

如珊

溫柔甜美充滿愛心，因為家裡的博美狗被誤診過世，所以從小的夢想就是當獸醫。很順利地念到大五，接觸實習才發現獸醫跟她原本想像的並不一樣。她迷糊又優柔寡斷的性格，在高速運轉的門診與手術間是一大致命傷，獸醫的長時間工作，要面對的不只是可愛的狗貓還有難纏的主人、複雜的人性，加上住院醫師小佩的刁難，都曾讓如珊退卻。

這一年她的愛情也面臨高低起伏的考驗，先是交往四年的土木系男友與她分手，在醫院對住院醫師阿凱逐漸產生崇拜愛慕之情，但阿凱似乎早就與小佩交往？不論愛情還是學業都是挑戰，如珊是否能順利過關，完成自己的夢想？

家豪

四肢發達、頭腦簡單、憨厚純樸的養豬戶第三代，重考了三年才順父母期望進獸醫系。

單純專注的家豪，在照顧住院動物時第一次感受到成就感與被稱讚，手腦相當協調的他竟意外被老師發現是個外科的人才！但對專業知識念過就忘的症頭，是他成為好獸醫的致命傷。

熱愛朋友，有一種把大家聚在一起的領袖氣息，這一組要不是因為有家豪莫名執著的團體精神，也許無法度過那幾次爭吵而分裂了。在他呵呵憨笑的外表下，有沉穩的高EQ，能夠淡然看待生命的逝去與實習壓力，是個心理素質很好的實習生。

怡敏

每個學期都是班上第一名，性格積極強勢好勝，思考與推理病情像是機器一樣快速反應，她把身體當做機器一樣來檢查修理，沒有感情。她發現自己對臨床工作沒有熱情，討厭與飼主溝通、討厭對動物輕聲細語、動不動就哭哭啼啼的主人，討厭盡了一切努力、結果仍是不確定的醫療。但因為怡敏非常在乎成績與成果，所以實習的時候不論多髒多苦多臭多累，她也要做到最好，毅力與衝勁十足。

目錄

大四末

1

如珊站在階梯前，仰望這棟建築物：獸醫教學醫院。

燈透亮著，大門已經敞開，只剩眼前這最後一里路。一想到十幾年來的夢想就要實現，如珊每踏出一步都感動得快發抖，腦海裡的回憶爭先恐後地，隨著激昂的配樂湧上，讓這幾級階梯走起來像星光大道的紅毯。

所有如珊慎重立下的夢想，加上瘋狂追求迷戀的，從小到大總共有幾百件：已經解散的少男偶像團體、塵封的烏克麗麗、連一次都沒去跑的半程馬拉松、戴了很久也沒斷的許願手環、其實表情很單調的限量公仔……不管是誰先背棄了誰，身高年紀增長但它們兀自留在原地，被時間證明當時的幼稚。

唯有「想要當獸醫」倖存下來。

這個夢想跟隨著如珊，或說如珊跟隨著這個夢想，一步一步走到這裡。

梅花鹿、企鵝、小白兔、浣熊、貓頭鷹、袋鼠從門口夾道歡迎她走進大廳，如珊一一撫摸問候這些可愛動物們，哼起愉悅的歌，就像童話裡的白雪公主，不，就像在天堂一樣，連空氣聞起來都是甜的。

如珊拿起聽診器，為診療檯上的雪納瑞做理學檢查，咦？奇怪，如珊調整了聽診器的位置，聽不到心跳，狗明明是活的，還伸出舌頭舔著如珊的臉，難道聽診器壞了嗎？還是……如珊低下頭看到自己穿著刷手服，恍然大悟：喔，因為我還不是獸醫啊！我才正要開始當實習生而已呢！

就在領悟的那一秒，警報器大響，如珊的頭也嗡嗡嗡地痛，那是什麼？

窗戶、門縫竄進濃煙，是火災！

如珊一把抱起診療檯上的雪納瑞，踢開已經發燙的門，大廳裡亂竄著慌張的大小動物們，「來來來，大家跟我來」，雖然自己都害怕得要死，如珊開始指揮動物們逃生，溫柔冷靜的語氣，彷彿一切都在掌控之中，到底哪來的勇氣？

動物們疏散得差不多了，如珊趕在火苗濃煙追上之前，回頭檢查還有誰被困在裡面……那身形是博美狗嗎？應該澎得像顆球的毛因為年老而稀疏，走得很慢因為眼球白白的看不到路了，舌頭從右嘴邊露出一截，不是裝可愛而是缺了牙，是牠！如珊想都沒想就大叫：「Pocky！」

叫出口的瞬間，才想起Pocky已經死了，那隻狗一聽到叫聲就朝如珊奔跑過來，牠並不知道，走廊上的牆壁正在倒塌……

嚇醒了才知道是一場夢。

原來不是真的啊。

真可惜，為什麼不是真的呢？

還好，不是真的。

如珊還喘著氣無法平復，感覺夢裡的聲音氣味影像都還在，室友怡敏冷冷地看了她一眼，又看向響個不停的鬧鐘，啊，原來警報器就是它！果然是日有所思夜有所夢，所以……如珊把荒謬的夢境跟現實完全串連起來了，這個夢境實在太重要太有趣太跳tone，如珊興奮地說著眼神都亮了起來，忘了剛才有多驚恐多危險，而聽眾怡敏依然維持一號表情，不確定到底有沒有跟上劇情，她只稍稍用鼻孔指了指書桌的方向，如珊立刻懂了，那個意思是：別耽誤我念書的時間，否則殺了妳。

現在時間是清晨六點，距離期末考的第一聲槍響還有二十八個小時，整棟宿舍只亮著零星的幾盞燈，若不是徹夜未眠剛要睡的，就是提早起床念書的。根據不正式的統計，這幾盞燈之中多數是獸醫系學生，而不必統計也可以肯定的是，有一盞燈一定是怡敏。

沒有人知道她到底有沒有睡覺，只要考試將近，怡敏不論是買便當、吃飯、洗衣服、走路都在念書，就算手上不方便拿書或筆記，也會把握時間喃喃背誦。

偏偏獸醫系考試頻繁，於是，怡敏幾乎整學期都呈現這副怪樣子，像個瞄準終點線衝刺的跑者，像梭哈後等待結果的賭徒，散發出一種讓人不敢踏進她方圓一公尺的氣場。沒差，怡敏是來念書又不是來交朋友的，她的眼裡只有每次考試的最高分，每學期的第一名，至於生人勿近，也好。

距離考試還有十八小時，圖書館裡的怡敏正在複習第二遍，即將進入第三遍。維持整潔這種瑣事永遠排不上怡敏的時間表，在怡敏習慣坐的座位周圍，堆放的用品之豐富齊全，幾乎是她宿舍書桌的copy版，衛生紙、茶杯、便利貼、原文書、考古題、手機……一應俱全，依怡敏的手臂長為半徑，以某種難以理解又亂中有序的方式堆疊，構築成嚴密的城牆，怡敏坐鎮城堡中。

持續了五天的感冒可以被意志力克服，煩人的是噴嚏打個不停，越打越大，一個大噴嚏讓怡敏一頭撞上水杯，水杯打翻濃茶傾洩，一路沾溼原文書、考古題、各色重點筆，溢出城牆，在桌面上蔓延，沒用的衛生紙防堵不了水勢，怡敏一路擦到隔壁座位桌面，對不起對不起……

疑，這字好像我的筆跡？怡敏一把拿起那疊影印的筆記，千真萬確。

「你怎麼會有這個？」

被質問的同學連呼吸都不敢，只轉動眼球看向右邊的一個同學。右邊的同學又看向他右邊的那個，那個又看向對面的，對面的低著頭但僵硬又迅速地轉頭看背後，他背後的同學知道解釋也沒用，東西收收趕快落跑，不知道是被怡敏的眼神掃到，還是因為心虛，他逃生的背影像中了箭一樣，一跛一跛地跑不快。

一定是班代家豪傳出去的！

怡敏不參加班上共筆，自己整理的筆記只給自己看，都上大學了還不能靠自己，被當活該。話雖這麼說，筆記卻是怡敏自己給家豪的，為什麼呢？難道……

不不不，不可能，凡是看過他們相處，再八卦的嘴都無法傳出這兩個人的緋聞，他們像主僕，像紅綠燈與斑馬線，像教練與選手，像母子，就是不像在一起，四年來唯一合情合理的解釋是：家豪就算拿了怡敏的筆記，也絕對不可能考贏她。

🐾

如果悲憤可以化為力量，怡敏跨上腳踏車奮力踩的每一下，都是為了算帳而助跑，從圖書館橫越大半個校園抵達男宿的時候，累積的能量大概足以直飛三樓，把老舊的門窗都撼動得嘎吱嘎吱響。想必家豪就是被這麼震醒的，額頭紅紅的像貼了張符，印著跟書頁一樣的皺褶，他擦擦桌上的口水，搔搔頭笑，呵呵，沒辦法，又被原文書催眠了。

家豪在國中加高中的六個學期裡，英文成績沒有一次及格過，要是早知道念獸醫系會用到這麼大量的英文……嗯，他還是會來念的，因為這是爸爸的目標。

家豪來自一個豬比人多的村莊，走幾步就是一間豬場，村民都是親戚，家豪的爸爸憑著繼承的這棟豬舍，娶妻生子養大了四女一男，唯一的這個兒子，承接家業理所當然。爸爸雖然只有國小畢業，但他知道養豬的祕訣在技術，技術的關鍵在疾病防治，豬要養得好，就要找一個可靠的獸醫。所以，他不惜重金送補習班、請家教，就算重考三次也要讓家豪念到大學，一定、而且只能念獸醫系。

不知道這段故事的人，看他四年來坑坑疤疤的成績，再看到頭腦簡單四肢發達陽光爽朗的家豪本人，會懷疑獸醫系怎麼開始收體保生了？這種程度也考得上？所幸，家豪不知是真的遲鈍還是習慣了，只呵呵兩聲，該做的照做，不該他做的掉到他頭上也就扛下來，從大一被選為班代就沒有卸任過，連系館的助教、掃地阿姨、常來往的書商都直接稱他為「B班班代」。

即使是知情的人，看他匍匐前進苦苦追趕，卻連車尾都吊不上，沒有掬一把同情淚，至少也會稍微動一點惻隱之心，譬如，殺氣騰騰的怡敏來到家豪宿舍，啪的一掌打在桌上，卻發現自己手下壓的是重修的免疫學，而不是禽病學。

「都什麼時候了，你怎麼在讀這個呢?!」

「因……因為明天早上要考，這次再沒過……」

「免疫你一定要看這一張圖，全部重點都在這裡，白血球有哪幾種？T細胞作用機制是什麼，還有這個，這個圖至少要自己畫過，背到滾瓜爛熟……這章可以跳過，不會考，頂多把這兩個專有名詞背一下，好，這個超重要，我跟你賭一定考，我給你的筆記上面不是有口訣嗎，畫螢光筆念十遍……」

家豪拚命跟上，怡敏信手拈來，有條理有系統地以快轉的速度，把整學期的免疫學必考講解完了，抵達終點家豪還有點暈眩。

「這樣有沒有問題？」家豪只敢搖頭，輕輕地搖，否則無法消化的那些會全部吐出來。

「好，免疫OK了，現在換禽病，你還剩十五個小時。」家豪才剛下這班飛機，馬上要去追趕另一艘太空船。

怡敏劈里啪啦地開始講禽病重點，這個免費的考前魔鬼特訓班不聽白不聽，原本躲在家豪寢室外偷聽的同學們，一個個越湊越近，蹲在地上、趴在床上、站在衣櫃裡，小小的四人宿舍裡最後擠了十幾個人，大家都瞭解，怡敏就是嘴惡心善，只要考試成績不比她高，她其實不會介意的。

別人都擠在這抱佛腳，同間寢室裡的同班同學ＭＪ還在學生活動中心，教熱舞社這學期最後一節社課。

圍觀的人比上課的社員還多，有的是粉絲，有的只是路人，經過穿堂就不自覺放慢腳步，被黏住了。

簡陋的音響，就著一樓的燈光，黑暗中反光的落地窗當鏡子，很難分辨ＭＪ到底是哪一點迷人，是他身上的鬆垮衣褲，隨意抓的髮型，他設計的超炫舞步，九頭身一百八十公分精壯的體格，還是他總是被誤認為整過型的鼻子，似笑非笑的電眼，或抿起嘴唇的角度，或是被他自彈自唱賦予靈魂的抒情歌……尚未釐清這一切，你已經成為痴痴看著的觀眾之一，ＭＪ是天生的發光體，他往哪裡一站，那裡就變成舞臺。

當ＭＪ的目光專注地凝視哪個女生，上前聊幾句話，她會以為偶像劇的劇情就要展開，自己就是那個幸運的女主角，就算只講一二三或ㄅㄆㄇ，也能被逗得花枝亂顫。ＭＪ很清楚這一點，秉持著雨露均霑、日行一善的原則，讓所有與他交手過的女生，都在心裡留下或深或淺的美好回憶，零負評，就算有人影射ＭＪ花心，也會有一整連的女生跳出來聲援捍衛：你不懂ＭＪ。

之所以說交手這個曖昧的詞彙而不說交往，是因為ＭＪ沒有與誰真正交往過，「ＭＪ女友」這個名詞比ＭＪ本人更趨近於神話，它就像武林盟主的寶座，像諾貝爾獎的桂冠，像最難征服的喜馬拉雅山，多少情場聖手前仆後繼、屢敗屢戰、由愛生恨又由恨生愛，從缺多年，更顯價值不凡。

ＭＪ很少使用本名蔡忠全，周圍的朋友包括他自己，乍聽這三個字還會感到有點陌生，極少數知道典故的人，會猜到ＭＪ＝Michael Jackson，這位已故的流行音樂天王。「就叫我ＭＪ吧！」他總向人如此自我介紹，總有一天，這個綽號能讓自己等同於ＭＪ本人。

早在國小五年級，偶然看到的ＭＪ演唱會影片，短短不到三分鐘的片段，讓他整個人像觸電一樣，全身每個毛細孔都為之神往，「我想成為那樣的人」當時才一百二十九公分的他立下誓言。

既然如此，跑來獸醫系做什麼？

這個問題跟「ＭＪ到底喜歡哪一型的女生？」一樣，若拋出來可以引起討論區上好幾頁的留言激辯，每種說法都有理可循：ＭＪ的父母看當獸醫的親戚買了好幾棟房子，覺得做這一行應該很賺；臺灣演藝環境那麼差，還沒熬出頭就先餓死了，ＭＪ那麼聰明，不好好念書不是很浪費嗎？

ＭＪ沒有否認任何一點，也沒有正面回答過「到底喜歡哪一型的女生」，只露出一個迷死人的笑容，偶爾連反問一句「你猜呢？」都懶。

社課結束，ＭＪ衝回宿舍盥洗，淋浴加刷牙的十分鐘裡，哼著歌在腦子裡轉過一輪禽病的大綱，披著毛巾走在走廊上就已挑出幾個重點來背，適逢考前抱佛腳班下課，散場的同學們湧到走廊上，免不了要跟ＭＪ哈啦打鬧幾句，虧他不用念書就可以all pass，反正ＭＪ不管說什麼，看起來總是輕輕鬆鬆吊兒郎當的不誠懇，不如真的就擺出一副痞樣說「誰叫我是天才」引來一頓打，然後坐在書桌前，徹夜準備考試到天亮。

整個世界都是ＭＪ的遊戲場，遊刃有餘地穿梭切換在不同遊戲間，除了天分還要付出多少代價？就像問人月球漫步要怎麼練，練成的人講得太玄，沒練成的人講了也不值得信，只有ＭＪ自己知道，他的月球漫步練了六百多次。

獸醫系的考試是一系列的耐力戰，每一科有筆試還有實習跑臺。筆試是把腦子裡記得的東西挖出來填上答案紙，振筆直書、寫多寫少都是自己跟題目的對決，而實習跑臺，還要加上倒數壓力，每一站一題，一分鐘到鈴響換下一站。

如珊多希望自己能更熟練一些，把「辨認出題目在問什麼、思考出答案、寫下來」的流程縮短在一分鐘之內完成，要是晚個幾秒，一旦聽到鈴聲響起，如珊就無法思考，原本會的也變成不會，連前往下一站都會緊張到跌倒。

家豪非常平靜，以不變應萬變，面對每一題都呵呵，會寫的寫、不會寫的就空著，只是有時候空太多格，難得要寫出一個有把握的答案，卻發現前面不知道從哪時候就開始填錯格，鈴聲催促著他向前走，連數算都沒有時間，一步錯，步步錯。

比外系早開始考，比外系晚考完，四年下來大家早就習慣了，只是這次期末考特別令人心慌。別人已經考完要畢業了，準備謝師宴、畢業典禮、可以念研究所或出社會去當兵了，整個校園瀰漫著一股節慶似的狂歡，就像在十二月三十一日的最後幾秒鐘，不論你願不願意，世界各地都要放個煙火倒數著五、四、三、二、一，那樣地鋪天蓋地難以避免，可是，獸醫系還在考，他們的大四期末考不是倒數的終點，只是通往大五的一張門票。

家豪洗完澡經過宿舍走廊，是走著的速度，即使剩餘的體力僅堪爬行，已經是尾聲了，再衝刺一下吧，再振作一點吧，家豪想到明天的最後兩科考試，以及已經搞砸的那好幾科，只能呵呵兩聲，肩頸又緊了起來。滿身汗臭的小奕從四〇一六門口冒出來偷襲家豪，一把將他摟進寢室，「做什麼、做什麼！我洗完澡了！」家豪拿臉盆抵抗、小奕抓起衣架攻擊……打鬧間，家豪發現這間寢室前所未有地乾淨，難得看到桌面的書桌、衣櫥前的雜物淨空、關不上的櫃子裡沒有任何東西，怎麼……整理得像是要搬走一樣?!

「你要去哪？」小奕放開勒住家豪脖子的手，慎重地交給他一袋垃圾。

「這也要我幫你，自己拿去樓下丟就好了……」

小奕怕家豪真的直接拿去丟，解開垃圾袋，一一解釋裡面的珍寶：校門口漫畫店的會員卡密碼是〇二〇四、半疊還沒到期的游泳券、皮開肉綻但防守率全系第一名的一壘手手套、多年收藏一百多部來自古今中外的嚴選愛情動作片硬碟……家豪拿著這些託孤的物品，確定小奕不是開玩笑的，他是真的要離開這裡。兩人淡如水的情誼，來自同是天涯重修人，每到學期末一起被老師約談，分據兩班倒數第一名的爐主，在期末考馬拉松的尾聲，小奕撤退了，不玩了。

「我爸說不要浪費這個時間，投資報酬率太低了，臨床實習可不是好混的，多念這一年搞不好還畢不了業，不如就先去當兵，再看是要考研究所還是出國念書什麼的……」

不知為何，這麼慎重的談話，最終還是以一番打鬧結束，家豪拍了拍小奕的肩作為告別，拒絕逃獄的邀約，祝福獄友此後海闊天空鵬程萬里，那自由的世界啊，一定是個解脫。

家豪回到自己寢室，桌上還是看不懂的原文書，以及被怡敏畫得五彩繽紛的筆記，認分地到書桌前坐下。

狹長形的獸醫教學醫院，不算短的走廊，午後有陽光斜斜地照在地板上，若不是候診的狗與人先後打了個呵欠，一切就此凝固。

就算外面颳風下雨下冰雹，醫院裡不分四季都是恆溫的空調，一旦面對生老病死，喜怒哀樂都失去重量。這條明亮、乾淨、每天要來回走不知多少趟的走廊，總醫師永潔走起來卻像個漆黑的長隧道，為了終點的那一線光明。

只有幼稚浮躁的實習生才會這樣嬉鬧，永潔不用看也知道，他們什麼都不懂，但還是回頭看了一眼，「你們不是每個人都能穿上白袍，但在主人眼裡你就是醫生，不要汙辱了這身制服！」永潔念到連掃地阿姨都會背了，一回頭笑鬧聲立刻消音，對著鏡頭比的誇張動作與鬼臉還來不及收，更顯荒謬怪異，永潔竟然笑了。

學生當這是允許與鼓勵，更卯起來作怪，還上前邀永潔合照，永潔收起笑容看了他們一眼：「你是認真的嗎？」禁不起這麼質問，實習生們識趣地摸摸鼻子，提起帳篷似的學士服、端著紙飛機一樣的方帽，往走廊另一端走去，輕聲悄步地，越走越快，越走越遠，遠遠地，又開始笑鬧起來。

又一年啊，永潔多看的那幾眼，不是打算再念這些實習生，而是羨慕。只有現在才能放肆，夾縫中的短暫空檔，實習成績已經交出去，畢業證書到手了，而獸醫師考還沒有迫在眉睫，結束一年實習的他們像脫韁的野馬、像久旱逢甘霖、像永遠不會再回來。應該很近，卻又很遠，只不過隔了三年五個月又七天，閉上眼睛就像昨天，當時的自己也這麼青春洋溢、什麼都不懂嗎？

走廊已到盡頭，永潔關上門躲進總醫師辦公室裡，把握特地騰出的二十分鐘空檔，發email。

閃動的游標對永潔的雙眼發問，妳要寫什麼？

挑一個學生丟問題，十秒鐘答不出來就換別人答，全組都答不出來就到走廊去罰站，這招是外科老黃教的，在走廊上站成一排，連畜主都忍不住側目，太羞辱人了，太有效了。

十分鐘過去，整封信還是空的，游標閃動像倒數，藥局已經廣播永潔第二次了，有兩個不長眼的住院醫師還沒開口講話就被趕出門外，只剩五分鐘。

不要問笨問題，你問的問題決定了你會得到什麼答案，決定了我要不要回答你。遇到問題，表示現況中有超出你已知的部分，找出那個部分，想辦法解決它，這樣你會的就更多了。解決問題是臨床醫學最吸引永潔的原因，以已知去克服未知，永潔喜歡成就感，但解決了一個問題揭開後面還有千千萬萬個問題，問題就這麼無性或有性地繁殖下去，沒完沒了，幸好，永潔也喜歡挑戰，且永遠正面迎戰。

她就這樣解決了一個又一個問題，大五實習結束後，短短三年從住院醫師升到總醫師，是這間教學醫院史上最年輕的、第一個女性總醫師。倘若有人稱讚她的能力，永潔百分之百同意但嘴上還是加減謙虛一下，倘若有人說她機運很好，她甜美的笑容會有點僵，不作辯解，她一點都沒有生氣，而是打從心底認為，這個位子本來該屬於承翰的。

如果承翰還在的話，他會怎麼做呢？面對難解的問題，永潔都會這麼問自己，然後就能找出破解的方向。

如果，承翰當年完成實習，一定會是個比我更好的獸醫吧，我們可以一起工作然後……嗯，就這麼寫吧：

「我很期待能再與你並肩作戰，現在醫院跟我們那時很不一樣囉，引進很多新設備、也有進修交流的機會，你什麼時候回來」……錯了，游標向左全吃掉，方向錯了，這麼寫又會陷入同樣的死巷裡，永潔的理智拉她回來，此路不通，再想別的辦法。

過去三年，永潔寫的一百多封email，沒有得到回信。這其中隱藏或表露的情緒總和，甩到牆上還會發出砰的一聲，沉進水裡也會泛起水面波紋，用這不屈不撓分析嘗試的科學精神，至少能發兩篇paper來投期刊了。

但什麼也沒有，承翰沒有任何回應。

一定是哪裡搞錯了，否則不會這麼久都解決不了，永潔看著閃動的游標，覺得自己像個笨蛋，笨的不是自言自語自問自答寫了那麼多封信，而是每當發email給承翰，就會再一次面對自己的無能為力，永潔一點都不知道問題在哪裡，所以無從解決。

幸好永潔也不是這麼輕易就被擊敗的。藥局第三次廣播催促，住院醫師阿凱來提醒狗已經麻倒在手術檯上，永潔花一分鐘交代阿凱三件事情去做，花最後兩分鐘打完信，按下寄出鍵關閉這個視窗，暫別體內那個像笨蛋的自己，準時出現在手術室裡，以一個俐落自信的姿態。

透過有線的無線的網路，以龜速或光速接力，越過海洋、穿過沙漠、攀過高山，來到歐亞大陸的某個小鎮的某臺電腦裡，承翰確實收到了信。

一看到那email，就知道她會寫什麼，點開之後也不出所料，一字不漏看完，內容與過去上百封信一樣只是換句話說，然後承翰按下刪除鍵，關上電腦，即使因此閃過一絲絲猶豫，已經決定的事情不能更改。

機票早就買好了，行李也在前一天收拾整齊，不怎麼熱情好客的德國人正合承翰的意，很少人追問他的背景，從哪裡來、為什麼來、爸媽做什麼工作、家裡還有哪些人、念什麼學校、有沒有女朋友。即使，後來碰巧被發現他是獸醫系學生，也很少被問及怎麼沒有畢業、沒有執照、沒有從事醫療、沒有在更好的地方發展？

即使如今承翰的德語已經可以對答如流，上述問題依然無法整理出答案。這是非常幸福的三年，承翰在流浪動物收容中心擔任志工，換取住宿與基本生活所需，如願地與動物朝夕相處，照顧牠們的飲食起居、整理環境但不涉及醫療，把牠們餵好了養胖了、毛色自然露出被愛的光澤，然後眼看著牠們陸續被領養走，成為某個幸福快樂家庭的一分子，承翰早就預料，甚至偷偷期待著——有一天該走的會是自己。

那一天會是什麼時候呢？離開這個收容中心，還可以去下一個收容中心，以承翰的盡責寡言、對動物溫柔有耐心、不怕髒不怕臭不怕貓抓狗咬，永遠都會有收容中心歡迎他這樣的照顧者，永遠都有地方可以去的。

只是橫越了大半個地球，越是向前，背後的聲音越是清晰——「休學的年限已經到了，如果要趕在這一屆參加實習」，永潔在信裡這麼說，「復學的行政流程我來想辦法。」

讓承翰遲疑的，不是來自永潔的聲聲呼喚，而是牠們，抱在懷裡、隔著鐵籠，一個個懷著無法說出口的病痛，睜著無辜的眼睛問他：「你，還想當一個獸醫嗎？」

2

夏夜裡，只要來一陣涼風吹乾頸間的汗，就會覺得白天太陽無情烤晒都過去了，能這樣手拉著手穿著拖鞋在夜市散步，被新奇的小東西吸引而停留，看看這看看那，猶豫要吃這個好還是那個好，對剛結束期末考的如珊而言，就是天大的幸福。因為覺得自己很幸福，所以牽著男友阿勇的手一前一後地擺盪，像要去郊遊的小學生，因為要確認這份幸福是否真實存在，所以不論阿勇提晚餐吃什麼，如珊統統都打槍。

「那妳到底想吃什麼？」阿勇停在路口，懊惱地問如珊。

如珊看著阿勇皺起的眉頭，像被蓋上品管認證章一樣放心，這個人如此在乎我。阿勇認真思考的時候、生氣的時候、不解的時候，煩惱的時候，都會露出同樣的表情，嚴肅到有點兇。如珊有時猜不透其中的區別，但知道自己是被他捧在手心上的，知道這一點就夠了。

「好啦，那吃你想吃的，我都可以。」

如珊露出甜甜的、獲勝的笑容，像捉迷藏被抓到又耍賴說不算不算一樣地，宣告遊戲到此結束，阿勇沒有配合這個遊戲，只用最後一點耐心嘆了口氣，逕自走往肉圓的攤子，直到坐下來都還皺著眉頭。

如珊主動提了下禮拜要去哪裡玩，阿勇從學期初就想去武陵農場了，前幾次天氣不好沒去成，接著就是期末考、一直考、考到昨天才算結束。現在距離大五開學，還有遙遠酷熱的兩個多月，獸醫系多出來的這個暑假卻沒有那麼漫長，很多同學已經先偷跑到各科去幫忙、見習，預先熟悉環境、溫習過去四年所念的書，爭取各科醫師的好印象，希望順利接到CC（臨床討論報告）的病例。這個小撇步決定了大五能不能平安度過，譬如室友怡敏，現在早就已經帶著筆記本在跟門診了，除了MJ這種天才還敢跑去參加全國熱舞大賽，沒有誰願意落後。如珊准許自己自由玩樂的時間只有未來兩週，偏偏阿勇這兩週要搬家、面試新工作，時間又談不攏，阿勇這次不像往常的抱怨或沮喪，倒是如珊開始積極地喬時間，因為不把握這個相處玩樂的機會更待何時？阿勇畢業後會到哪個城市工作都還不知道，以後見面的機會勢必少很多，但是阿勇突然鬆開眉頭，簡單輕鬆地說：「好吧，就這樣。」

什麼？換如珊的眉頭皺成問號，皺到整張臉都僵了還未解。

「我不是說不要香菜嗎？」老闆適時送上兩碗肉圓，如珊終於能打破沉默，另起話題。

若是以往，阿勇會攔下老闆請他重送，或是碎碎念說哎呀我又忘了，吃一點點香菜也不會怎樣嘛、不然我幫妳吃好了，然後阿勇會把如珊碗裡的香菜統統夾到自己碗裡，如珊還會多送一點其他的料給他，這是跟「晚餐吃什麼」一樣有默契的小遊戲。但今晚，他們正好坐在攤位油鍋的排風口，燠熱難耐周圍還有等待空位的人在排隊，阿勇乾脆地夾走香菜，然後說：

「我想我們就到這裡好了。」

「什麼意思？」如珊將肉圓分成適當大小正要放進嘴裡，張開嘴呆住了。

「我是說，不要再繼續下去了，就分手啊。」阿勇說。

「為什麼要分手？我沒有……我不是……我還是想……」

阿勇邊吃邊說想分手的原因，洋洋灑灑鉅細靡遺，像信手抽一張衛生紙擦擦嘴角，簡單自然而且必須。如珊什麼都沒聽懂，她只是急著解釋、拚命反駁、用力挽回，語無倫次地說出：「要去武陵農場，我們明天就去，還是你想去哪裡，我都去……如果要我吃香菜，我也可以……」如珊竟不知不覺動手夾阿勇碗裡的香菜，慌亂間弄倒桌上的瓶瓶罐罐叉子筷子差點把湯也撞翻，引起旁人側目。

阿勇搖頭苦笑說：「妳看妳，每次一緊張就這樣，妳知道自己在做什麼嗎？」

淚水模糊了如珊的視線，所以她看不清楚阿勇站起身去付錢之後，為什麼就往前走掉沒有再回來坐下，她只覺得嘴裡的味道好怪，竟然吃下了噁心的香菜，到底在做什麼？

如珊假裝擦擦汗，確定眼淚沒有流下來，至少沒有在人來人往的夜市肉圓攤位上失態，應該沒有被發現吧？不知道什麼時候坐在同桌空位的怡敏與家豪，一個邊撕著免洗筷說：「來夜市也沒揪。」一個邊加辣醬邊說：「吃完要不要去比一局飛鏢？」彷彿不曾目睹剛才那一幕。

🐾

家豪依約來到導師阿亮的辦公室，不需敲門，阿亮師的辦公室永遠為學生敞開，不必開口，家豪也知道阿亮師要講什麼。

期末考後、提交成績前，就是認罪協商會談時間，在及格線下掙扎求生的人，會搬出一堆上有老母、身懷重病、遭逢巨變等悲慘的故事，求各科老師刀下留人，老師的心腸也不是鐵打的，經年累月下來，也發展出以翻譯或做專題報告，換取有條件及格的默契，大好人阿亮師自願化身搜尋引擎兼仲介，斡旋協調，幫各科老師彙整好條件與對價關係，再給同學一次機會。

此刻的家豪，連抬頭看阿亮師的勇氣都沒有，考完最後一科那天，即使同學們還依照往例開心地把班代家豪架起來阿魯巴慶祝，家豪知道自己又搞砸了、完蛋了，連翻譯都不可能。

阿亮師笑咪咪地像一尊彌勒佛，看著一直抓頭滿臉通紅的家豪，心疼地嘆了一口氣，以他溫和的聲音、比龜速網路還慢的速度說：

「我想你也知道，你這次考得不太好，這學期的、重修的，都離及格很遠。」

家豪附和點頭，頭越點越低。

「我想你也知道，如果還有必修學分沒有通過，就不能參加實習。」沒錯，家豪其實不必坐在這裡的，他已經知道自己不能參加大五實習，只是還不知道該怎麼告訴爸媽：要再多一年，把被當的那些學分都考到通過。

只是……要嗎？上禮拜回老家的時候，家豪爸媽就為了他的前途而吵起來，當獸醫原本是天經地義的責任，什麼時候翻盤了？從口蹄疫爆發至今二十年，臺灣一直無法擺脫疫區，豬肉不能外銷[1]，一蹶不振的畜牧業，從各種角度看都是個夕陽產業。爸媽每學期收到家豪慘不忍睹的成績單，都會互勸對方：「放手吧別再逼兒子。」清掃豬舍的家豪什麼都聽到了，但不敢說話，除了慚愧與無能為力，他對自己的前途沒有任何想法。

即使是現在，阿亮師口中逕自播放的一大堆勉勵與教誨，也像外星語一樣，進不到家豪空空的腦袋裡。家豪揉揉眼睛回過神，發現眼前的阿亮師突然不見了，原來他是彎下腰去搬東西，搬出一疊又一疊的paper、原文書放在桌面上，越疊越高，從書的縫隙中，喘著氣的阿亮師對家豪說：

「我還是覺得你是有機會的，所以去向各科老師爭取來這些，這是禽病的、這是藥理的、這是免疫的……」差幾分翻譯幾章，那麼多令人發昏的英文字，讓家豪覺得乾脆一頭撞死比較快，阿亮師……你到底、為什麼……這麼雞婆啊?!

「只要在兩個禮拜內把這些翻譯完交過來，老師們就同意你pass，你就可以參加實習了！」阿亮師以驚嘆號般的振奮作結，那表情放在他溫和的臉上相當違和，更像暗示著一種天大的不可能，家豪伸手抱起桌上那一大堆，實在很重得用兩隻手，像個舉重選手抓舉自己三倍體重槓鈴那樣搖搖欲墜。家豪發自內心地說出：「謝謝老師。」邊鞠躬邊倒退出辦公室，然後開始奔跑，拚命跑，即使走廊這麼短一眼就看到盡頭，此時的家豪只想把全身氣力耗盡。

可以算是暑假了，男宿門口的雞排攤不再天天來擺，來往的人零零落落，只有放聲高歌的蟬還熱鬧著。如珊在宿舍門口，等待的人沒出現，倒是已經看到家豪第

1 在口蹄疫爆發二十三年後，世界動物衛生組織於二〇〇九年正式認定臺灣為口蹄疫非疫區。

二次了。家豪穿著短褲拖鞋，搔搔剛被蚊子咬的癢處，隨口問一句：「還在等阿勇啊？」就踩進地雷，如珊開始抽動肩頭。這是竊笑還是啜泣？就算家豪立刻改問：「吃飽了沒？」也來不及了，無所不在的哭點一觸即發，如珊一哭不可收拾。

無端遭轟炸的家豪站在原地滅不了火，所以他帶如珊去吃鵝肉，男宿附近最好吃的宵夜之一，買了特大杯量中杯價的珍奶，去籃球場play了幾場三對三，自己能排解情緒的方法全都試過了，再附贈操場跑五圈，如珊還是能湧出新的淚水，兩個人身上的衛生紙都用光了，坐在田徑場觀眾席上，迎面的風帶有農藝系收割後的稻草香與動科系牧場的屎味，家豪忙著打蚊子，如珊鬼打牆似地一問再問：「為什麼他要跟我分手？」

「不就是因為香菜嗎？」家豪非常認真、非常疑惑地說出他僅知的事實。

如珊愣了一下，然後笑出來，笑自己竟然在此時此地對著此人哭訴，沒有談過戀愛的家豪怎麼會懂呢？愛情受迫夭折，就跟它突然萌芽的原因一樣難解，無法以常理推斷。

笑了就好。看到如珊笑了，家豪也跟著笑。

雨過天晴誰還去問為什麼出太陽，家豪笑得比如珊更開心，跟如珊聊些垃圾話，剩下幾天的暑假要去哪玩啊，哪天要去幫忙搬家啊……一聊到大五實習，如珊眼睛就亮起來了，像要去遠足的孩子，嘰嘰喳喳地討論要帶什麼去吃？會下雨嗎？要帶傘還是穿雨衣？一定要看到螢火蟲！螢火蟲啊……那像是天邊的星星，踮起腳尖也抓不到，家豪一想到翻譯進度一％都不到的那堆原文書，不得不知難而退，「我們不會再同組，因為我不能升上大五。」家豪慎重解釋原因。

「那還不簡單，拿來我幫你翻啊。」如珊說。

家豪怎麼沒想過這招?!

「反正老師也不會知道是誰翻譯的，能準時交出去就好，你如果要翻一個禮拜，我一小時就可以翻完了。」如珊說的都是事實。

「可是那真的不是普通的多，因為……我有很多科……都……就算有妳幫忙可能也來不及……」家豪不好意思占用如珊的時間。

如珊從剛剛就飛快地按手機，此時手機正叮叮地接收訊息，如她所料，她把訊息內容念給家豪聽：「怡敏叫你等一下去找她，她會分配大家的扣打跟進度，記得帶她喜歡的那家滷味加小辣。然後MJ說你很不夠意思，叫你幫他把衣服收進來，還說最晚交的人要請吃兩份早餐。」如珊看著家豪，輕鬆搞定。

這一屆的熱舞社知道自己很強，但沒想到有那麼強，全國熱舞比賽的初賽、複賽、決賽，一路都以分組最高分前進總決賽，從路邊隨便搭的臺子一路闖進有雙機攝影的體育館現場，從默默無聞的業餘社團，累積出自動做加油牌的粉絲，從各地而來的她們，會提早集合出現在場邊尖叫歡呼，形成連評審都難以忽視的勢力，這些人大多是為了ＭＪ而來的。

其中，也藏有戴著墨鏡、壓低帽緣的星探，或遠或近低調地觀察ＭＪ，check身高、長相、品味、應對進退、聲音、鏡頭死角、觀眾緣、可塑性……一一做成記錄。只是不論星探或粉絲都感到奇怪，為何ＭＪ一有空檔就拿出厚厚的原文書來翻譯成中文？

能擠進總決賽的都不是簡單角色，光在彩排看到的前後隊伍，就讓熱舞社同學們挫折又震撼，像面對浩瀚大海的井底之蛙，不知該先抬起哪一隻腳好。兩天沒睡的ＭＪ眼睛略帶血絲，幸好有家豪的翻譯來掩護，裝忙裝酷裝不在乎，他的眼神放射出X光線一個個分析對手，動作與動作間設計的邏輯，運用的元素與風格，高明或不足、驚豔或老套、天才或平庸，看得ＭＪ時而屏住呼吸、時而嗤之以鼻，「我終於進到這個世界啊！」ＭＪ心想，競技場上的高手比燈光舞臺更炫目，任亢奮從腳底傳到指尖髮梢，貫穿頭頂，永遠留在這個遊樂園要付出多少代價呢？有那麼一瞬間，ＭＪ以為傾其所有也甘願，就算身為整個舞臺上最弱的一個也不願下場，當然，他有把握不會是最弱的，ＭＪ總是遇強則強，一次次比過去的自己更強。

「九月十二日，下午第一節，實習課在T一〇八分組抽籤，算第一次出席成績」。家豪透過各種管道散播這個訊息，確定每個同學都知道了，原文書還在書桌上、床上、地上堆成大大小小的山等著他去征服，一山攀過還有一山，被原文書催眠醒來，再洗把臉繼續翻譯，家豪只求不要被征服就好。

怡敏倒數著這一天，以後跟診就可以名正言順地卡個看得最清楚的位置，學長姐的白眼傷不了她，藥局阿姨或掃地大嬸排擠的小動作對她也不痛不癢，怡敏在乎的只是——都比別人早起跑、都這麼積極表現了，主治醫師怎麼還不放case給她？拿到case，開始查資料，做一份超厲害的報告，在這學期最重要的學分CC（臨床討論報告）上拿高分，怡敏列出藍圖，按圖施工中。

如珊把握假期的最後幾天，狠狠地睡到自然醒、睡到忘了吃飯刷牙洗臉、忘了被甩的傷痛、忘了今夕是何夕，看到抽籤分組日期驚覺這樣下去不行，抱著怡敏的大腿央求明早一起去醫院跟診。

MJ在上臺前幾秒收到這則訊息，嘖嘖。早知道該把手機關機的，早知道不必打開來看的，早知道看了也不該放在心上的，大五實習可是一整年啊，昨晚有兩家經紀公司先後來試探簽約意向，一聽到ＭＪ明年才畢業，差點就謝謝再聯絡，過了這個村沒這個店，要當明星誰在乎你有沒有獸醫師執照？

我在乎嗎？不在乎吧。

前奏一起，ＭＪ就數錯了拍子，立刻翻了個筋斗掩飾這失誤，隊友與評審都當成即興的神來之筆，全場歡呼叫好，但ＭＪ知道那就是分心，分心讓他們只拿到第四名，沒有獎金、沒有獎盃、也沒有簽約。

承翰的房間被媽媽保存得乾淨完整，好像他早上才剛出門，什麼都沒有改變，承翰搬出床底下的紙箱，裡面的東西只用過幾次，但還是變舊了，聽診器、刷手服、可以放進隨身口袋的筆記本與筆、鬼畫符般速記的符號圖案，都還能分辨寫的是什麼……不知道何時，媽媽走進門站在他身邊。

「你還要去實習嗎？」媽媽問，卻不給承翰時間回答，那不是個容易的答案，要不要實習都好，當不當獸醫都沒關係，媽媽緊緊抱住承翰，以後不管為了什麼，再也不准這孩子離開了。

大五上

3

那天早上家豪跑了兩趟，為了不耽誤到大家，先把全班的刷手服放到T一〇八，再把原文書與翻譯扛到阿亮師的辦公室，出發前發了訊息給如珊、MJ與怡敏，「我要請你們吃兩份早餐，我還是沒有翻完我的部分，對不起。」

怡敏要是有空打開手機來看，可能會被氣到吐血，吐完血之後還是會幫家豪想辦法，任何能夠補救的辦法。

但怡敏現在兩隻手正忙著，五分鐘前，一個要上廁所的畜主把哈士奇委託給怡敏幫忙牽一下，這隻狗現在在她腳邊大了一坨很大的便，加上一大泡尿，在走廊上蔓延到角落的低窪處形成一個小池塘，怡敏覺得自己全身都泡在屎尿裡，快要爆炸了，還好如珊迎面走來，怡敏使喚她去拿拖把報紙，兩人合力清理完，臭味還沒散去，主人從廁所走出來問：「我的狗呢？」

狗呢？

如珊聽到最近的外科診間有器械碰撞夾雜狗貓叫聲，然後哈士奇從外科診間奔出，如珊怡敏拔腿跟上，哈士奇一看到有人追牠，就跑得更開心，咧開嘴舌頭左甩右甩，口水隨風飄揚，走廊邊的超音波室正打開門，哈士奇鑽進黑暗裡。

主人盯著超音波螢幕上的灰階亮點，像希望一樣渺茫，隨著探頭角度轉換，把主治醫師小佩的臉映得亮一塊暗一塊，就快了，主人期待的答案即將從她的口中揭曉——心愛的貓咪到底為什麼三天不吃不喝？

不知道誰開了門，引入刺眼的光線，貓主人感覺腳被撞了一下，有什麼在腳邊亂竄，溼溼熱熱還喘著氣?!主人的尖叫聲喚醒了輕微鎮靜的貓，現場每個人都貢獻兩隻手還抓不住，貓彈跳到空中張牙舞爪，小佩大喊：「關門！」

哈士奇的離開就跟牠進去的時候一樣，莫名其妙且沒被發現。

如珊還扶著膝蓋喘氣，一抬頭就看到哈士奇經過自己身邊？

怎麼會從後面跑過來，那剛才到底……一轉頭想認清就失去方向感，如珊被怡敏拉著往前跑上樓梯，二樓住院病房的走廊已經被幾臺病床卡住還險些發生車禍，幾個住院醫師扶穩點滴架與不能再受驚嚇的住院動物，同時閃躲無視任何阻礙勇往直前的怡敏，以及隨後沿路「對不起、對不起！」的如珊，她們還來不及回答各方指責，哈士奇已經行雲流水地離開這團混亂，順暢地進入實驗診斷室，造成更多碰撞破裂聲。

從實驗診斷室竄出來，旁邊的藥局倉庫又剛好打開門，哈士奇就快要把整間醫院都逛遍了，還好被迷宮似的大小紙箱困住了幾秒，怡敏看到牠了！「不要跑！」一飛撲過去，沒中！就差一點，趴在地上的怡敏還能感覺整張臉黏著哈士奇的細毛與迎面而來的體臭。

怡敏推開要扶她的如珊，快往下跑，必須跑得比牠快，因為這個樓梯的盡頭就是大廳，直通大門，門外就是馬路了。

承翰遠遠看著醫院大門開開關關好幾回，沒有移動腳步。

秒針繞一圈推動分針走一格，承翰沒有看也能清楚知道，鐘聲不會響，鐘就掛在T一〇八教室的牆上，第一節課已經開始十二分鐘了。

震得短的是訊息，震個不停的是來電，承翰任手機在口袋裡震動，若無其事的、急促的、溫婉的、哀求的、忍著不爆發的，一通一通全都是永潔，她等得夠久了，承翰知道不應該再這樣下去。

「我已經改變了，那妳呢？」

如果能夠以email回覆這幾個字，承翰就不必勉強自己出現在這裡，也許永潔也改變了，那很好。本該如此，人要學著調整自己去適應環境，走進那扇門將面對什麼，在無數個難眠的夜已預演過千百回，準備好了嗎？

承翰深深吸了一口氣，拿出手機。

🐾

「這些是已經完成的翻譯」，家豪一疊疊搬到阿亮師的桌上，電腦打字列印所以誰也分辨不出來，只有家豪知道其中九十%都是別人翻的，羞愧到不能呼吸。

「這邊…還沒翻完……」所剩的並不多，只是沉重，全都是自己沒完成的，多少次追趕與更多次的落後，終點還是來了，「老師對不起……我……謝謝你的幫忙……可是我……對不起」，家豪喘得連話都說不好。

今日的阿亮師還是笑得像一尊彌勒佛，只是笑容跟以往不太一樣，好像寫著「我早就知道你翻不完」。

「快去參加大五實習吧，第一節課已經開始了。」

什麼?!這什麼跟什麼?!家豪搖搖頭無法理解。

「我跟那些老師保證，班代不是一個會放棄的人」，家豪終於從阿亮師笑容的縫隙中看到他的眼睛，他鏗鏘有力地說：「所以各科老師當作你已經翻完，早就把成績交出去了。」家豪搖頭搖得更用力了。

「系上大一到大四的專業課程，為的就是在大五這一年印證所學，去吧，去證明這一切，證明我沒有看走眼，**證明，你想當一個獸醫？**」

家豪停止搖頭，卻也無法點頭，只傻傻發愣。

「這一年的實習課程一樣會當人，我相信你一定不會放棄，你……會完成實習吧？」阿亮師拍拍家豪肩膀，笑著催促他離開。

承翰確認了自己的決定，在手機按下「我還在高速公路上，大塞車，趕不上今年的實習，謝謝妳。」

刪去了再見，發出訊息就是結束。

終於，承翰這才覺得全身肌肉不再僵硬，可以走了。

「你別跑！」

醫院裡傳出潑辣的大吼，那聲音挾著一股要取人性命的狠勁，承翰直覺停下腳步，不聽話的醫院大門自動打開，一隻哈士奇飛奔而出，隔著幾公尺，好幾個穿著刷手服、醫師服的人追在後面，承翰大概知道怎麼回事了。

哈士奇跳過草皮、鑽過整排的機車停車格、踩過人行道無縫接軌斑馬線，跟著順暢的綠燈過馬路，可是跑步的小綠人只剩五秒，哈士奇回頭看那些追不上牠的人，四秒，被紅燈攔住的千軍萬馬蓄勢待發，三秒，承翰丟下包包手機，拔腿跑向哈士奇。

已經遲到的家豪，用最快速度踩腳踏車還是來不及，但若是他來得太早或太晚，就不會剛剛好看到這離奇的畫面：一個男人以導護老師的姿勢橫著跑過斑馬線，用肉身抵擋奔馳的車流，旁邊跑著——一隻哈士奇?!後面還跟著幾個闖紅燈的——學長姐、還有怡敏跟如珊？

家豪過了馬路甩尾調頭，右轉後很快追上，居於整個集團僅次於哈士奇的領先位置，家豪加速，哈士奇也加速，家豪逼得越緊，哈士奇逃得更快，奇怪，牠為什麼要跑呢？家豪不懂，就像無法理解自己為什麼不能停下來。

遠遠地，確定腳踏車往前，在人行道、慢車道、騎樓間忽左忽右的狗也還是往前，承翰很想叫那個騎不累的壯丁慢一點，因為印象中路到盡頭就是堤防，左轉是個資源回收場，右轉是巷弄曲折的住宅區，如果可以把牠趕往……

「牠右轉了！」騎腳踏車的人大喊。

承翰停下來，指揮連狗影子都沒看到的人轉向住宅區，「巷子很小牠跑不快，可能會躲在車子後面」，「有些巷子會相通，不要給牠壓迫感」，「需要幫忙的就喊一聲」，「可以拿牽繩或外套慢慢靠近」……陸續抵達的人，在承翰的細心吩咐下，立刻分頭往不同方向跑去，只有一個人盯著承翰，呆站在原地……

永潔只想再確認幾秒，這是承翰，這就是承翰，只有承翰才會這麼做！不管承翰之前假裝自己在哪裡，他真的回來了！

承翰張開口還不知道怎麼解釋，永潔的目光移向前方，「快！」隨即跑入巷子，那背影比當年的她更自信俐落。

跑遍整個醫院上上下下同時被學長姐罵，追到兩公里之外伴隨沿路怒吼，這遠超過了怡敏一整個月的運動量，怡敏體力耗盡，越走越慢，如珊竟然還有閒情逸致去注意「那隻貓是全黑的耶」、「電線上站滿了麻雀，唱歌好熱鬧」、「那家信箱有畫狗狗」這類的瑣事，再不然就是草木皆兵地捕風捉影——

「在那邊！」那是騎三輪車的小孩。

「在上面！」那是晾在陽臺的玩偶。

「看樹上！」拜託，那是松鼠。

車底下伸出的明明是兩隻黃色的狗腳，如珊也要蹲下去看看，被她吵醒的大黃狗一吠，連環引發附近眾狗吠聲，此起彼落還夾雜居民的罵聲，空蕩蕩的住宅區有聲無影，像嘲笑怡敏的無能。

怡敏扶著快爆炸的頭，用沙啞的聲音碎碎念：「都是妳啦都是妳啦，如果不是妳……不管了我要休息！」接著一屁股坐在地上，喝光如珊水壺裡僅剩的水。如珊試著安撫怡敏：「沒那麼糟啦，也許就快找到了，不要放棄……」

「反正又不算分數！」怡敏一想通立刻充飽電，是主人自己要把牽繩交給我的，主人要負責，不干我的事，別想扣我的實習分數，而且……慘了！實習分組早就開始，算一次出席成績，這怎麼行！

怡敏拉著如珊回醫院，遇上迎面而來的總醫師永潔，學姐只隨口問：「有看到嗎？」兩人搖搖頭，趕快轉身繼續找。

家豪早就把喀啦響的古董腳踏車拋在路邊，捉迷藏的最高指導原則就是靜悄悄，家豪穿過住宅區翻越堤防，還是什麼都沒看到。走著走著，家豪從腿到腳布滿泥土雜草的保護色，走著走著，家豪就餓了，想起早餐還在書包裡，這個方向對嗎？家豪打開早餐邊走邊吃，後面傳來腳步聲，還有哈哈哈的喘氣聲，這是——一隻哈士奇跟在腳邊，還搖著尾巴！哈！不管是誰捕獲誰，就是找到了！

河堤實在太偏僻，家豪大喊也沒有幫手來，奇怪牠身上怎麼沒牽繩？（一定是奔跑過程掙脫了），奇怪牠怎麼又黑又臭像流浪了幾個月？（一定是奔跑過程弄髒了），還好這隻哈士奇非常貪吃，家豪用早餐引誘牠一路往前，走一段吃一口，到達醫院讓哈士奇吃下最後一口。

主人心裡揪著希望、眼眶含著淚水，一看到狗來到身邊就再也克制不住，當場大哭。

呼，永潔鬆了口氣，這事就此解決不必往上呈報。家豪呵呵笑猛灌水，掩飾自己肚子的咕嚕響聲，小小犧牲不足掛齒。其他人呢？該通知大家回來了吧？

哈士奇開心地跳上跳下四處嗅聞，留主人在原地哭泣，含糊說著：「牠不是Happy，牠不是Happy，我的Happy左眼是藍色右眼是黑色，牠不是……」

家豪捧著哈士奇的臉仔細看，還真的耶，兩眼都是藍色，哇咧！家豪水壺隨手一丟，往醫院外飛奔。

抽籤結束，確定各組輪診順序，助教講解完實習計分與各科輪診規則，高舉手中的簽到單，「還有誰沒簽名？」等於宣告下課，同學們喧譁著鳥獸散，T一○八教室都空了。

MJ沒有忘記這件事，只是想不起來。

一接到助教的電話，MJ眼睛都還沒睜開，憑著本能熱情招呼，順便釐清是誰，不著邊際地敷衍哈拉探問來意，「喔～沒錯！第一堂課超重要，要分組要抽籤，缺席太不應該了！」MJ從容地蹲馬桶解決，一口氣列出十幾項不可抗力的因素，很不幸地從昨晚到今早接連發生在自己身上，「助教妳說說看是不是超慘的？不是我不去，只是……」，MJ閉緊嘴刮鬍子，發出像啜泣的悶哼，確定電話那頭的助教已經開始幫自己想辦法，覺得鏡子裡這傢伙真是太帥了，家豪、怡敏、如珊也太不夠意思了，沒有哪個幫我簽個名，他們是怎樣？

已經第三次經過同一根電線桿了，路痴如珊還沒有發現繞回原地，因為這次電線桿旁圍了大大小小十幾隻流浪貓，各種花色都有，喵喵喵地圍著發飼料的愛心媽媽，如珊想她一定對這一區的動物很熟，興奮地走上前攀談，卻被怡敏拉住，「她餵的是貓耶，拜託妳看清楚好不好，我們要找的是……」

如珊冷靜下來仔細看，有一隻貓身形特別巨大，黑白灰色的毛，尾巴搖個不停，舌頭哈哈哈伸得好長，越看越像——哈士奇?!對比牠身上繫的牽繩，剛好是怡敏、如珊經手的牽繩，沒錯！就是牠！

主人站在醫院門口，望穿秋水又不敢抱太高期望，以免失望更深。

面對這隻體重跟如珊本人差不多的哈士奇，如珊、怡敏連哄帶騙兼拜託，又推又拖又拔河，還不敢太用力怕牠掙脫，勉強往醫院靠近。突然，如珊、怡敏猛然被牽繩向前拉，哈士奇奔跑起來，牠看見了站在醫院門口的身影。

主人無聲地噴淚，淚眼裡奔跑的灰白黑身影模糊成一團，家豪不懂現在又是在哭哪一齣的？家豪看看狗，又看看主人，隔這麼遠是要怎麼分辨眼睛的顏色？

那是Happy。牠跑起來的樣子、迎接自己的樣子，就跟每天回家打開門看到的Happy一樣雀躍，那一定是Happy！主人再也不想等待，張開雙手向前跑去。

多麼美好，如珊放開牽繩任哈士奇與主人重逢，狗一步步奔向朝思暮想的主人，主人一聲聲呼喚歷劫歸來的狗，整個世界為之柔軟安靜下來，多麼感人，今後人狗就會緊緊擁抱轉圈，再也不分離……

等等，一輛車子正在倒車。

砰！車子撞飛了哈士奇。

如珊還來不及看清楚，怎麼會？

如珊握緊自己的手，確定這是真實發生的，明明剛才還能透過手心感覺牠的力氣那麼大、跑得那麼起勁，現在牠就攤在地上不能動，牠會不會死掉？都是我，都是我害的，為什麼又把手放開，就算哭著跪下懺悔也不能被原諒。

閃開！讓專業的來。

不知所措的如珊很快就被擠到第二層、第三層圍觀，縫隙中看到永潔學姐掏出聽診器，迅速但輕柔地翻看檢查哈士奇，喃喃念出一些數字寫在手背上，微微皺起的眉頭底下眼神飛快思索，果決確實地說出幾句如珊聽不懂的話，病床跟點滴架已經推過來，「準備好了嗎？一、二、三！」住院醫師阿凱與小佩協力把狗放到病床上，永潔學姐一手拉出狗的舌頭，用一個L形的東西插入壓住，「給我八號」另一手插入管子，「太小，換九號」，迅速用紗布綁好，永潔轉頭看阿凱與小佩，點滴已經順利接上了，三人對彼此點頭，走！

牠有救了，如珊這麼想。

飛快的急救過程如珊完全看不懂，只看到希望。

太精采了！我想成為這樣的獸醫！

如珊早就忘了臉上的眼淚鼻涕，強忍著尖叫卻掩不住亢奮，一路蹦蹦跳跳地，跟隨病床來到手術準備室，小佩學姐轉身擋在門口，「妳誰啊？」。

「我們是intern（實習生）！」怡敏以為這是通關密語，也減緩不了門關上的速度。

「等等」，小佩突然拉開一道縫，指著如珊說：「妳，就是妳放開牽繩的對吧？」

如珊興奮地點頭，然後得到：「去把門口的血跡清一清。」

馬舍在獸醫系館後方，入口在雞舍旁邊，出口通往運動區，馬媽媽Lisa正在繞圈快走，牠到獸醫系教學剛滿十三年。另一隻體型像迷你馬、臉上稚氣未脫的是幾個月前出生的Wilson，牠一下咬著欄杆磨牙、一下伸長脖子去嚼樹葉又吐出來，用口腔探索整個世界。

越過矮籬笆就是園藝系的溫室、農藝系的實驗田、觀賞作物與藥用作物區，遠山連綿起伏，夕陽染紅天空，徐徐吹來的風撫慰全身淋漓的汗水，如珊把鐵鍬插在地上，用略微顫抖的雙手支撐著，微笑欣賞這片美好怡人的田園風光……的縮小版。

校園雖然很大，但過了籃球場、排球場與游泳池就是邊界，出了校園一樣要面對高樓大廈，一個會塞車有噪音有空汙的城市，能夠踩著泥土、聞到青草味是幸福的，如珊這麼提醒自己，也提醒同組的同學，實習生活雖然還是學生身分，也算是一隻腳踏進社會了，哪還有機會被原諒？助教願意破例讓大家補簽到、免扣缺席分數，雖然是撿人家抽籤剩下的時段，但能夠湊成一組、繼續參加實習已經是不幸中的大幸。

「不過就是打掃馬舍兩週，就當作運動嘛，舉手之勞。」家豪補充說明：「這可是MJ賣笑不賣身，請助教學姐喝咖啡才談成的交換條件。」

怡敏早就分配好工作，完成自己的部分就開始沖洗雨鞋，刷乾淨一點，如果可以，她想整個人跳進游泳池，洗去全身味道才回宿舍。MJ舀水沖洗工具與地板，偷偷把水噴往家豪的方向，家豪的工作服被噴溼了半邊才發現，「可惡，你完蛋了！」家豪剷起成堆的馬糞回擊，以獸醫系壘球系隊一壘手的準度，一坨一坨地朝MJ轟炸。MJ輕聲嘆口氣，緩緩地扶額搖頭，然後學馬激烈甩動全身，把黏在身上巧克力色、帶草纖維的馬糞，無差別地飛散到無辜的如珊、怡敏，還有同組的承翰身上。

幼稚。承翰心裡如此評論，沒有撥掉身上的馬糞。

「請問你就是承翰學長嗎？」如珊向承翰友善地開啟話題，傳說中的學長活生生地站在眼前，接下來一年還將同組實習，迷妹的光芒再度在如珊眼中氾濫。

「不要叫我學長。」承翰如此畫下句點，也不算不禮貌，明明可以已讀不回。

「他不就是那個那個……」怡敏分析整理歷屆的八卦傳聞與網路謠言，ＭＪ雖然只用脣語但手勢表情超豐富，家豪礙於禮貌提醒大家壓低音量但自己也超想討論的，這三個人完全不顧如珊的明示加暗示：「承翰學長會聽到啊……」

承翰埋頭工作，把胸口那股無名的氣全都發洩在手上的鐵鍬，再怎麼新鮮的馬糞，堆積成山也會隱隱發出異味，承翰逼自己迎向那股酸臭，深呼吸，無聲但決絕地發誓：「不要叫我學長。」

4

實習正式開始，這個早晨是個大晴天，法定營業時間是八點，不到七點就有主人帶著狗貓在獸醫教學醫院門口排隊，住院病房裡早就忙完一輪，intern們穿著摺痕未褪的刷手服，上面繡有自己希望不要被點到的名字，戰戰兢兢地拿著空白的筆記，等著隨時記下抓不到重點的指示，在診間、走廊恭敬地站直，一切嶄新得發亮。

家豪本來就長得誠懇敦厚，當他看著滿是英文的病歷就像在讀天書，聽到專業術語或是常用的縮寫都呈現「蛤？」遲鈍又謹慎地確認每一個簡單指令，就難免顯得呆，不論資深資淺的醫師都想罵他笨，住院醫師們甚至懷疑他聽不懂人話，外國人都比他好溝通。

一次在診間跟診，主治醫師隨口丟的問題家豪一個都回答不來，整張臉像便祕的人蹲馬桶那樣窘迫無助，最後是好心的主人替他解圍，說出答案，還微笑鼓勵家豪說：「google可以查得到喔！」

家豪回答不出來的實在太多，有的主治醫師一個不耐煩就叫家豪去走廊罰站。「我真有這麼笨嗎？」家豪忍不住質疑自己。同是走廊淪落人，如珊安慰家豪，實習幾天以來，自己也不懂為何只要被當作intern，智商就瞬間降低一半。

而如珊的問題不是蠢，只是礙事。

主治醫師建議糖尿病的老貓必須截肢，預告居家護理及病情可能惡化的方向，主人的淚水還在眼眶醞釀，如珊已經「哇！」地哭出來，用光診間裡最後一張衛生紙，連診療檯上的病貓本尊也難以理解到底怎麼了，對如珊投以莫名其妙的眼神。

完全康復的黃金獵犬回診抽血檢查，主人只說了一句：「牠很難抓喔。」就後退一步，如珊立刻變成面狗第一排，有練習的機會intern搶都來不及怎能推辭呢，第一次負責保定[2]的如珊，用盡此生最大的力量，還被黃金獵犬的口水與飛揚的毛沾得整頭整臉，黃金獵犬還是活蹦亂跳如入無人之境，如珊只好熊抱黃金獵犬，用整個身體壓制牠，只差沒手腳並用地騎在牠身上，主治醫師翻了幾次白眼，搖頭對如珊說：「妳這樣我找不到血管，沒辦法抽血。」

最後找了住院醫師阿凱來幫忙。

就是他！阿凱一走進診間，如珊就認出他來了，是上次急救哈士奇的學長，眼鏡底下有一雙安靜的眼睛，不管微不微笑都很靦腆的嘴唇弧線，組合起來很有安全感，如珊心裡這麼想，活力旺盛的黃金獵犬必定也這麼覺得，牠在阿凱的保定下像隻玩偶任人抽血，到底是怎麼做到的？如珊覺得兩隻眼睛不夠用，看著阿凱的臉、阿凱的手、狗的前肢、狗的血管、主治醫師的針頭、阿凱的臉、阿凱的手、狗的舌頭、口水與飛揚的毛……就抽完了?!

主治醫師把抽好的血注入抗凝管，交給如珊：「搖一搖」，疑惑的如珊相信指令必有道理，一手謹慎地拿好抗凝管，身體上下左右順時針逆時針地搖動，像在跳某種奇怪的假想舞步，阿凱忍不住笑出聲，主治醫師再次翻白眼搖頭，指著如珊「不是妳」，再指抗凝管「是搖這個」。

喔，好。如珊立刻搖動抗凝管，動作太大不小心打到黃金獵犬的頭，如珊尖叫，黃金獵犬跳開，踢翻診療檯上的酒精、棉花、耳溫槍、檢耳鏡……像打保齡球一樣全倒，在這片混亂中，不知為何如珊打開了手中的抗凝管，好不容易抽到的血全染在刷手服上，主治醫師已經翻不出白眼了，為了節省重新抽血的時間，先請如珊站到外面去別再搞破壞。

2 在不危害動物的前提下，暫時控制動物，進行醫療行為。

走廊上的intern們並不孤單，對面的門開了，承翰從診間走出來，直挺挺地站在門邊，不像被處罰而像個保鏢，捍衛著自己所相信的事，眼睛堅定看向前方。倒是如珊跟家豪，為了閃躲承翰的眼神，飄忽渙散東張西望地像作賊，最後忍不住背過身低聲討論：傳說中的高理想、高標準、高高在上承翰學長，遇上江湖中的誤診學權威王醫師，交手幾回合也不算全敗，今天好像比較晚被趕出來。

王醫師的忠實顧客很多，因為他很早就發現：會講話、能付錢的是人而不是動物。誰那麼神敢保證每隻都醫好？醫不好怎麼辦？搞定人就一切太平。

譬如今天帶著老西施的這位大嬸，說狗咳得太久又太吵了，王醫師邊做檢查邊跟她聊聊天氣、股票、菜價、哪則誇張的新聞，聊到大嬸煩惱女兒補習的事，王醫師突然發現西施背上腳趾的皮膚病還沒好，照例開個一週的藥回去吃，大嬸抱起西施向王醫師道謝告別，還約好下週回診。

就這樣。

承翰確定大嬸走得夠遠了，壓抑到臨界點的情緒全都爆炸出來：主訴明明是咳嗽，狗從進門到出去都很喘，這個年紀可能要懷疑有心臟的問題，沒有澈底檢查只開皮膚病的藥？要說皮膚，狗左外側臀部有個至少五公分大的腫瘤，那個位

置會影響牠的坐姿或臥姿，為什麼不建議手術割除、切片追蹤病因？還有狗的耳朵……

王醫師沒有爭辯、沒有惱羞成怒，只是繼續笑得像張面具，拍拍承翰的肩膀說：「你不錯嘛，好像已經會看診了，那還來跟我學什麼？」承翰低頭在診療檯上噴酒精、擦拭，為下個病患準備，但王醫師沒有要叫號的意思。

「你看到的每樣東西，都有一個價位，看不到的也有。」王醫師摘下聽診器掛回牆上，依他的經驗那只是裝飾品，「你能診斷出來，很行，可是人家會感謝你嗎？一開始跟你討價還價，最後醫不好還罵你，何必呢，腫瘤、心臟病我當然會看，問題你也不看看那個主人開什麼車、穿什麼衣服鞋子，這個錢她負擔得起嗎？願意花嗎？她只想拿個藥回去讓自己安心而已。」從面具笑容裡說出酸溜溜冷冰冰的事實，承翰不願附和也無法反駁，再憤怒只顯得多餘。

王醫師看看時間，從口袋裡掏出鈔票，「十一點多了，先去幫我買個便當，剩下的不用找，我請你喝飲料？」承翰讓鈔票留在桌上，自己走出診間。

🐾

MJ混得不錯。反應靈活學得快，他的存在本身就是賞心悅目的力量，成為診間的風景之一，偶爾，ＭＪ也會出些小錯，那必定是無心的，哪個intern不教就會呢。

不過，住院醫師小佩覺得奇怪，分配給ＭＪ的住院動物為什麼常躺在屎尿堆裡，他真的有去照顧嗎？明明是t.i.d.（一天三次）的藥，怎麼不到中午，病歷上的給藥記錄全都寫完了？ＭＪ張大眼摀著嘴，停格兩秒像擺pose拍照，震驚惶恐又無辜，他還找不出一個合情合理的藉口，小佩就先替他解套：「下次要注意。」

總醫師永潔可沒那麼容易被呼嚨，她會故意把最麻煩的病例交給ＭＪ。譬如，上呼吸道感染的這五隻新生幼貓，全套流程是：清牠臉上糊成一團的眼鼻分泌物，記錄體溫心跳、餵早餐、通點滴、給針劑、誘導排便排尿、清個貓砂、做完兩種噴霧治療，如此完成五隻貓同時注意不要把牠們搞混，時間就到中午了……於是ＭＪ幾乎是匆匆吃個飯查個資料，趕在輪門診前到住院病房，展開午場第二回合，重複四回合就過完一天。

永潔自己當過intern，多帶過幾屆intern就知道，如果打混的方法有Ｎ種，那就有Ｎ＋１種方法來治他。

外面的世界多精采，外面的世界在召喚，ＭＪ身上的每個細胞渴望著歌唱舞蹈，ＭＪ看著窗外的藍天心也遠走高飛，飛回曾經的舞臺……現況是整天綁在住院病房把屎把尿，剩下的時間還不夠睡覺，這怎麼行，ＭＪ動動聰明的腦袋，一定要想個辦法。

怡敏當intern幾乎是無縫接軌，完全沒有適應的問題，甚至可以比較出教學醫院與外面動物醫院在習慣用語及器械、行政流程、看診動線等各方面的差異，條列出每個主治與住院醫師在意與要求的點，在每天的晚餐兼宵夜時光，慷慨激昂地與組員討論，反思本日所學與缺失，以求明日更上層樓。但討論不到十分鐘，冒著煙的飯菜都還沒吃完，家豪就在原地睡著，如珊也開始語無倫次答非所問，MJ早已不見人影，「你們也太弱了吧，到底在累什麼啊？」

即使無人接話怡敏也能自問自答，「不累才怪」，怡敏真的不懂，為什麼八十%的時間與力氣都在瞎忙？跑這跑那，一件事情還沒做完又趕去下個地方，因為院內的廣播總是呼叫自己的名字，「張怡敏醫師，請到藥局」、「張怡敏醫師請到廁所門口協助」、「張怡敏醫師請到超音波室」，雖然這證明了自己是號重要人物，但大家能不能協調好一次搞定呢？

其實，這正是大家協調好的結果。

醫院監視器的總機畫面放在二樓倉庫的角落，快轉的話可以看到怡敏像個勤奮的無頭蒼蠅，從這一格跑到另一格，樓上樓下、折返又折返，打掃阿姨與藥局大姐兩人看著畫面相視而笑。積極表現又自以為是的intern每一屆都有，可是敢像怡敏這麼囂張、看高不看低，竟然以為可以使喚不穿醫師服的人，那就是史上最白目。

殊不知，整個醫院位階最低的就是intern沒有別人，而得罪誰都可以，要是得罪資深的元老——藥局大姊與打掃阿姨，日子絕對不會好過。

不重要的直接忽略，不會考的不用念，對怡敏而言，凡是要算分數的，一律比照考試，事先規畫準備，憑著努力拿到高分。面對大五最重要的臨床病歷討論（clinical conference）這門課，策略就是儘早拿到臨床病歷，以獲得更多時間準備報告。

什麼病歷都要爭取，如果是自己經手照顧的，理由就更充分了。於是，怡敏把目標鎖定在那隻受傷的哈士奇，三不五時就會繞到住院病房看牠，頻繁到整個住院病房的狗都誤認為她就是哈士奇的主人。

這個晚上機車停車區停滿滿，怡敏派後座的如珊先下去，如珊搬到手冒青

筋、咬牙切齒，也挪不出十公分的空隙，旁邊來了一臺機車熄火，兩三下就挪出一個機車位，怡敏正要兇那人，「喂，是我先來的！」還沒講完，那人比了請的手勢，另外再幫自己挪一個位子停。

真是個好人，如珊擦擦汗，多看了他的車牌號碼一眼：ＰＰＩ２３８。

這個好人放妥安全帽，與怡敏、如珊同樣走往教學醫院的住院病房，還率先刷卡開門，所以是學長姐囉？一看到那雙安靜的眼睛，如珊差點叫出聲來——他是阿凱學長！

如珊傻傻站在原地，一定忘了隱藏臉上的笑容以及內心的澎湃，因為阿凱也對她回報微笑，那笑容裡的正能量足以讓夜空綻放星星，還可能帶來世界和平。

哈士奇康復得很快，食慾也越來越好，精神體力逐漸回到牠逃脫往堤防那日的旺盛，只是可能術後的傷口還隱隱作痛，脾氣很差。如珊一打開籠子牠就狂吠，如珊、怡敏嚇得倒退幾步，哈士奇一步步往前，像面對獵物或敵人一樣齜牙咧嘴，吠聲迴盪在住院病房裡讓如珊快耳聾了，怡敏試圖把籠子關上但是無法，想轉身逃走卻撞到一個人，這個人以P字形的牽繩套住哈士奇往籠子裡拉，同時關上籠子，哈士奇窩在角落，安靜了。

這一切不到五秒，精采得讓如珊想拍手喊安可，是怎麼做到的？神一樣的阿凱學長說：「牠剛才尾巴都夾著，其實很害怕，以後要探望住院狗，開門、接近的動作要放輕，畢竟牠才認識妳沒有多久。」靦腆而且堅定，溫和而且有安全感，如珊看著這雙眼睛，心中劃過一道流星。

家豪只吃了早餐，在醫院裡忙得團團轉，走出來的時候天都黑了，虛弱無力一定是因為肚子餓，但腦袋滿到快吐不知道該吃什麼，繞來繞去最後選了雞排攤。只是，等待的時間總感覺有雙眼睛盯著自己，是幻覺吧？畢竟整天被好幾雙眼盯著，大小動作都被仔細檢視，很可能產生創傷後壓力症候群，不要自己嚇自己，家豪勇敢轉頭證實——是牠！又是牠！兩隻藍色眼睛的哈士奇，家豪意外捕獲的、沒有人要的野生哈士奇。

那日就地釋放後，哈士奇還是常出沒在醫院附近，一看到家豪就超開心地跟著他走，家豪就是道路真理與食物！「我錯了，可不可以放過我啊？」家豪邁開大步，鑽進小巷子繞來繞去，哈士奇依然黏在腳邊，仰頭看著家豪，誠懇熱切得口水都要滴下來了。

不管了，餓到不行的家豪直接坐在公園長椅上啃雞排，喃喃抱怨起這兩個禮拜以來輪小動物門診的日子，路人來來去去，只有蚊子縈繞著路燈揮之不去，一旁哈士奇蹲得像隻忠犬，家豪知道抱怨也沒用，對著哈士奇做出結論：「你看我，什麼都做不好，也不知道能做什麼，只好繼續撐，所以你不要再跟著我了，去找一個可以給你幸福的人吧！」家豪作勢為牠隨便指了個方向，發現哈士奇的頭會隨著自己的手移動，往左、往右，真的耶！快移、慢動，難道自己的手有魔力？忽上、忽下，原來不是手，而是雞排。

家豪依依不捨地把還剩三分之二的雞排放在地上，哈士奇看了他不到一秒，就大口吃起來，看起來像餓了超久，家豪心想，快吃吧。

走到轉角，家豪不知為何回頭看了一眼，哈士奇叼著雞排往反方向去，剛剛放下的心又隨這背影懸起，牠的下一餐在哪呢？

家豪催自己快步去牽車，反正不干我的事。

如珊的待辦事項積欠了好幾天，洗衣服、繳手機費、交皮膚病報告、查耳血腫資料、還怡敏拖鞋（還是涼鞋？）、買衛生棉洗髮精等等等等，多到一張紙寫不完，但有一項最重要的事，沒有寫下來也無法忘記。趁停紅燈時看看手機，天啊！十二點過五分，阿勇的生日就這麼過了。

預謀多日，在心裡反覆到熟練的輕快語氣，「沒什麼特別的事，我只是來祝你生日快樂，最近過得好嗎？工作順利嗎？」會是個多麼合理的開場白，如果能趕在他生日當天，打個電話、傳個訊息給他，可是已經來不及了……馬路才過一半，摩托車突然停住了。如珊不得不回到現實，下來推車。

半夜的路口無人無車，但零星穿越的車輛飛馳像砲彈，如珊快步推車抵達人行道，試著發動了幾次，還立起來用腳踩，不會在這時候拋錨吧？看到油表的指針指到E的底部，才想起來指針瀕臨E已經好幾天了。

如珊拿出手機，如果她還有一點理智應該要打給同學，怡敏、家豪或MJ，看哪一個可以道路救援，都好過她自己推車走三個路口回宿舍，但是如珊卻打給阿勇。

自暴自棄地打了一通又一通，沒接。傳了一則又一則的訊息：「實習超痛苦的」、「我過得超慘的」、「才兩個禮拜我就受不了了」，已讀不回。是啊，如珊對自己說，阿勇早就不要我了，他是對的，我只會把生活過得又忙又亂又糟，給人帶來麻煩，我自己都不想跟我自己在一起了……

在深夜的大街上，一輛改裝的跑車放著重低音舞曲經過如珊身邊，車主搖下窗戶吼了幾句髒話又呼嘯而去，殘留的酒氣以及嘔吐味還飄散在空中，一臺冷凍貨車經過。

然後就沒有了，空蕩蕩的馬路只剩如珊。任自己放聲大哭，以很不符合人體工學的姿勢推著機車，推一推還得停下來擦眼淚擦汗水，於是前進超慢而且顯得更蠢。後面傳來喇叭聲，如珊儘量靠邊走，喇叭聲不停，按著喇叭的機車慢下來，停在如珊前方，車牌號碼是ＰＰＩ２３８，機車騎士摘下安全帽，回頭看如珊——那是阿凱！

如珊不敢相信，阿凱學長怎麼會出現在這?!他靦腆微笑著，用那雙安靜的眼睛目睹如珊狼狽的醜樣，然後開口說：「上車吧！」

5

這兩週以來，家豪是這樣度過的：一回到宿舍，翻開隨身筆記就無力，看著那好幾頁不懂待查的問題，混亂飛舞的字跡完全重現當下的匆忙無措，還得加上一點想像，推敲到底寫的是什麼字？翻找過去的共筆、原文書……還解決不到一半，家豪就被催眠了。捏大腿打臉叫醒自己，又被催眠，如此醒著像睡著，其實也沒睡多少地奮戰超過七七四十九回合，像過了幾千年那麼久之後的某個神奇的瞬間，終於，家豪好像調對頻道，開始聽得懂主治醫師、學長姐講的話。

承翰輪到史努比醫師的門診，兩人常常就病歷的類症鑑別、用藥、替代療法討論到難分難捨，睡前承翰的眼裡還燃著亢奮的火焰無法成眠，而史努比醫師，一想到什麼可教給承翰的就立刻掏出手機傳訊，那嘴角的微笑與熱切，差點被太太懷疑成外遇。

鎮日久站，並在廣播的呼叫下以對角線穿梭於醫院樓上樓下，把怡敏的小腿練得結實、堅硬如鋼鐵，不，目標是像她的心一樣強壯。某次橫越大半個醫院來到藥局，結果根本沒事，怡敏臉不紅氣不喘地轉頭奔往下一站。藥局阿姨臉上的

笑容雖然仍帶著勝利，但略微僵硬抽搐，出社會至今沒遇過這麼遲鈍的人，怎麼嗆不怕的？還好，兩個禮拜很快就結束，妳該滾蛋了。

從早到晚送往迎來，如珊總算稍微搞清楚整間醫院哪裡是哪裡，什麼東西放在哪，該在哪個巧妙的 moment 讓路或安靜地閃到一旁，才不至於遭人白眼。雖然，偶爾還是會把掃超音波的狗推到藥局，急著想上廁所打開門卻是病房，而最殘酷的是——兩個禮拜時間到，都快換組了，如珊還找不到機會跟阿凱說謝謝。

「學長謝謝你上次半夜搭救我，為了感謝你，我……我想請你吃飯。」這樣會不會太主動了？

「換我幫你的忙，儘管吩咐工作給我，你早點下班休息。」可是我會做什麼？最後還不是要學長來收尾。

「我帶了一些小點心要給你吃。」可是學長吃到一半的早餐在休息室桌上被螞蟻包圍，午餐常常忘了訂，晚餐時間也在手術，這個人真的有需要進食嗎？

如珊還是想不出好理由，眼看 P P I 2 3 8 的機車已在前方停妥，如珊立刻熄火、摘下安全帽、整理好瀏海衝向前去，「學長那天謝謝你，要不是你半夜……」這人的髮型與背影都像 M J，轉頭大方露出的笑容超有魅力，隨意擺的 pose 都像舞步，他果然……為什麼是 M J ?!

不知為何，阿凱的車已變成小動物內外科的公用車，莫名擁有進出醫師休息室特權的ＭＪ，自然知道車鑰匙就吊在門邊掛勾。

如珊趕緊轉移話題，問ＭＪ住院病歷交接得如何，掩飾自己發燙的整張臉與耳朵脖子。

「沒啊，免交接，永潔學姐要我把那隻肺炎的巴戈寶可夢顧到出院。」

「真假？明天我們就要開始輪病理組了，如果牠一直不出院，你不就要同時run兩組？」

ＭＪ點點頭，那無奈的眉頭、無辜的眼睛，加上帥氣的笑容，組合成一張超欠揍的臉，不像抱怨，倒像炫耀自己的能者多勞。幾年來把課業與社團同時run得令人羨慕，除了上天獨厚，ＭＪ自有一套高速運轉哲學，只是這放在實習完全不管用。

被抓包幾次之後，ＭＪ必須老老實實地在固定時間餵固定的藥，該花十分鐘推完的針劑不能一分鐘解決，而且住院動物的進食速度要看牠的心情，大小便比天氣還難料。每次一把籠子清乾淨，小巴戈寶可夢就會挑一個ＭＪ轉身去忙的瞬間，大一坨便，然後坐在大便中央，喜孜孜地搖尾巴等待ＭＪ發現，這時ＭＪ若不立刻將牠拎去洗澡，等等要洗的就是整個籠舍與地板了。

「為什麼，為什麼我會在這裡把生活過成一團狗屎？」「為什麼麻煩的住院動物都故意丟給我?!」洗著拖把的ＭＪ在心底狂喊咒罵，想念自己曾經的肢體與聲音，舞臺與觀眾像上輩子一樣遙遠。

一抬頭看到總醫師永潔，ＭＪ懷疑永潔必定是在自己身上裝了ＧＰＳ，總在ＭＪ最沒有防備的時候，像背後靈一樣悄悄出現，隨口挑釁指責地問：「有什麼問題嗎？」ＭＪ皺起無奈的眉頭、無辜的眼睛，加上帥氣的笑容，組合成一張超欠揍的臉，答：「沒有。」與永潔冷靜慧黠的大眼睛對峙，沒有一點煙硝，這兩個聰明人忍耐著看誰先動氣。

病理實習的第一天，下午才上工，傳說中會把人電得亮晶晶的大隆師到南部去出診了，由病理所助教帶大家上第一堂課——刷解剖檯、刷地板、拆窗戶下來洗。整理冰櫃，戴著厚厚棉布手套還能感覺指尖被凍得麻麻的，最慘的是那個古董級的冰櫃不知何時壞的，搬出來的檢體軟軟溼溼，沒有綁緊的袋口或破掉的黑色塑膠袋，還會冒出像湧泉般的蛆，怡敏與如珊合搬的這一袋不算太大，估計是羊或鹿的屍體，怡敏越走越快差點沒揮手逃亡，密集蠕動、沿路滑落像瀑布的蛆會成為接下來好幾晚的惡夢。

整個解剖房乾乾淨淨、整整齊齊，大家看著大掃除的成果，累到無法分辨包圍全身的是自己的汗臭味、還是檢體的腐臭味？但還沒完，助教發給每人一個磨刀石，一盤好幾支解剖刀，把眼前這盤吃飯的傢伙磨完就自行下課。

單一方向由上往下，與磨刀石呈四十五度畫弧，換另一刀面重複，直到把刀刃磨出亮亮的一條白線。如珊遵照著助教的指示，但她手上的刀不知為何，與磨刀石的交集甚少，而是頻頻劃到桌子、盤子、自己的衣服、手套，大家自動挪退椅子，與她保持一公尺的安全距離。

剛才的勞動與驚嚇已經耗去怡敏百分之九十九的體力，她的手微微顫抖，用意志力在磨刀，早已完工的家豪默默從怡敏盤中拿起刀來幫她磨，就算沒有比賽，他知道怡敏不喜歡輸的感覺。

MJ繼續在心中吶喊著十萬個為什麼，為什麼？為什麼我要在這裡當清潔工，為什麼我的刀越磨越鈍，壓在手指上還不會痛？

承翰盤中已完成了幾支解剖刀，磨出白線光可鑑人，依不同角度映出同組同學的臉，那閃動的刀面卻讓承翰看到大隆師，當年在課堂上誓言不會放承翰畢業的大隆師，過了幾年可能多了些白髮、當掉更多學生、也訓練出更多令他驕傲的病理獸醫師，但，大隆師的原則絕對不會改變，「那麼我呢？我改變了嗎？」承翰磨完最後一把刀，洗手收拾。

這時一輛沒有預約的小貨車在解剖房外停下，敞開的門傳來悽慘叫聲，助教指揮大家把瀕死的病豬吊起來，沿軌道推進來，車上還有一頭隱隱呻吟的病豬無法動彈，另一頭也許已經斷氣了，反正大家都已經夠髒夠臭就豁出去了，手腳身體並用，合力搬每頭將近一百公斤的檢體，助教開始示範如何電昏瀕死病豬，承翰別過頭去，思考了一秒，拿了自己的東西走出解剖房。

隔天一早六點出診，這天是陰天，天早就亮了只是灰濛濛的，疲勞加痠痛，但沒人敢睡過頭。

禽病簡老師帶隊開車，孤僻的承翰自願坐入副駕駛座，幫忙注意路況，偶爾好奇地偷瞄簡老師幾眼，真是看不出來，近在身旁的這位就是全臺禽病權威，研究禽流感的第一把交椅。

簡老師的聲音很小眼睛很細，不論在什麼狀況下拍的照片，都是同樣的笑容與瞇瞇眼，這一臉和氣跟他的帽子一樣是基本配備，簡老師在室內也戴帽子不是為了遮禿頭，而是增加整體身高，好達到正常人肩膀處。穿的polo衫領子洗到鬆塌，跟工友同款的工作褲，雨鞋與工作服都自己拿上車，簡老師一點架子都沒有，承翰更好奇了，這樣面對畜牧場的主人，行嗎？

怡敏細細把每撮頭髮湊到鼻子前，昨晚明明洗了好幾次怎麼還是有屍臭味？

MJ睡到東倒西歪，如珊亢奮得整晚睡不著，拉著家豪讚歎沿途風景——

「哇！綠色的草被風吹成波浪！」那是田。

「你看這個！」不就是河嗎？

「好美喔，襯著背景的藍天！」妳指那邊我到底要看橋還是天空？

「好多層次又圍繞著煙嵐！」很多山堆起來。

從小看到不想看，家豪不懂這有什麼稀奇的？靠窗的如珊，興奮得像置身演唱會搖滾區不停尖叫，從出診車的窗戶望出去，每一幅田園風光都實現了吉米・哈利[3]筆下的英國獸醫生活，「我就是為了這個來念獸醫系的！」

為了這個、為了那個，實習至今像天啟般降臨的大大小小事，莫名地讓如珊一秒落淚瞬間融化，熱血值全滿。家豪想不通這些那些跟「念獸醫系」的關連是什麼？不過，家豪會連同其他的一起記下來，等下次，如珊又因為某些難以理解的小事沮喪嚷嚷：「我就知道我根本不適合當獸醫！」的時候，家豪就可以拿出來提醒她——「妳就是為了這個來念獸醫系的！」

高聳的飼料桶是每個畜牧場的招牌，第一個抵達的鴨場，診療車一停下就看到河，嘩啦啦的河水伴唱著鴨子此起彼落的呱呱聲、振翅聲，黃腳黃嘴、身體圓胖全白的北京鴨，在河畔的人工水池戲水晒太陽，鴨舍沿河而建，低矮蜿蜒，承翰注意到門口立著一塊石碑，寫著「我養鴨，鴨養我」。

場主賴先生滿頭白髮，陳年的畜牧場看起來比他更老舊一些，他雙手握手歡迎簡老師，慈祥耐心地等待笨拙的學生們換好雨鞋隔離衣，領大家入場參觀。

「仔細觀察，鴨子的外觀、動作、飼料盤、水盤、甚至牠們的大便，每個地方都是線索，告訴我這一場有什麼問題？」

簡老師背著手像在公園悠閒散步，跟賴先生邊走邊聊，兩人像是很久不見的老朋友，聊剛上高中的孫子、聊進口玉米價格、聊慢跑與老花眼，拉長耳朵亦步亦趨的怡敏，就是沒聽到半句話跟鴨子有關，魔鬼藏在細節裡，怡敏相信，臨床病例的案子必定屬於第一個答對問題的人，也就是她自己。

審視每隻戲水池的成鴨，眼角鼻孔都乾淨得很，飼料一倒下，搶食的狠勁證明活力旺盛，家豪說，這一場的進排水系統做得不錯，於是簡老師與賴先生就跟

---

3 James Herriot，一九一六年十月三日－一九九五年二月二十三日，英國獸醫作家，於英格蘭約克夏郡執業，寫作風格生動詼諧，擅長描寫農家與動物的溫馨互動。其作品繁體中文版由皇冠出版，目前已絕版。

家豪討論起餵食動線的設計，工作流程的安排，以經濟動物而言，很多疾病出自於飼養管理不當。怡敏聽不懂也看不懂，只擔心頭香快被搶走，進到室內畜舍，看到有些鴨子毛色夾雜著黃色與白色，羽毛不細軟不光滑而像早上剛睡醒亂翹的頭髮，怡敏指著牠們舉手說：「被毛粗剛，牠們一定有生病！」

簡老師笑得眼睛瞇成一條線，先請賴先生包容實習生「看到黑影就開槍」，再對怡敏說，這是正常的中鴨，對面籠舍的黃毛小鴨，經過中鴨時期的增重與換毛，就會變成外面白胖的成鴨。

喔。怡敏低頭筆記，肘擊已經笑到花枝亂顫的MJ，用眼神警告他不准張揚這件事。

賴先生推來飼料車，讓大家體驗餵食樂，黃毛小鴨明明早上已經餵過了，看到飼料還是過來湊熱鬧，「超～可愛的！」一如珊伸手一把抱起三四隻，細軟絨毛磨蹭著臉好溫暖，多像玩偶啊！MJ不停拍照，家豪學小鴨走路，最後被一大群小鴨包圍，像在自己家畜牧場一樣開心自在。眾多小鴨啾啾啾叫聲中，竟然夾雜呵呵呵的笑聲，家豪轉頭看，身後的承翰學長玩得像個孩子，原來他笑起來滿陽光的，籠罩在他周圍的烏雲都散開了。

參觀完住套房的種鴨舍，路線終點是孵化室，賴先生隨手拿了鴨蛋，給大家一人一顆，「沒有什麼禮物，給你們帶回去做紀念，最近幾天就可能會出來。」

大家吃完一整桌堪比年夜飯豐盛的午餐，跟賴先生約好有空再來泡茶。

就這樣？在診療車上的怡敏盯著手上這顆鴨蛋不敢相信，全程這麼歡樂，又不是幼稚園去遠足，「老師你還是沒有揭曉到底哪一隻鴨子生病了啊？」

簡老師邊開車，笑瞇瞇的眼睛從後照鏡回答怡敏：「首先，經濟動物的疾病是以群體為考量，雖然有個體差異，但一般要著眼於整體的表現。以這一場看來，什麼問題也沒有，很健康，我來純粹是順路，好久沒跟賴先生聊天，而且賴太太很會煮。」怡敏差點沒從椅子上跌下來。

「你們要先學會什麼是正常的，才能分辨什麼是不正常。」簡老師摸摸非常飽足的肚子說。

真正的目的地是十分鐘車程外的養雞場，高聳的飼料桶旁有更高的畜舍，鐵皮包圍像戒備森嚴的停車場，場主吳先生也像警衛似地盯著大家換裝、一一踩過消毒水，打開僅容一人過的小門，以MJ的身高得低下頭才進得去，「哇！」家豪跟如珊同聲讚歎，也太豪華了吧！這間雞舍有三層樓，完全密閉，一整面牆設有水簾，對側有大通風扇帶動空氣流動，日正當中置身於此，不悶不熱還能感受到陣陣微風，四周乾淨整齊，要不是地上鋪著墊料，舒適到可席地而坐。

只是，「為什麼這麼空？」怡敏提出了承翰心中的疑問，偌大、新穎的畜舍，總共只養了目測不到五十隻的雞？

小門開了，另一批人進來，帶來解答。

簡老師指揮大家退到不礙事的角落，讓位給防疫單位獸醫，他們俐落地分頭為雞隻採血、採喉頭肛門分泌物、逐一編號，讓場主吳先生簽了好幾份文件，然後把現場全部的雞隻帶走。作為申請復養後第一批進駐的「哨兵雞」，牠們將被送去解剖，更進一步證明這環境中不存在法定傳染病病原。承翰猜到了這個可能，眉頭緊皺。

吳先生不發一語，混雜著無奈與如釋重負，那眼神對家豪而言非常熟悉，每當爸爸提起「口蹄疫」，一肚子憤恨委屈只好怨天，難道……吳先生這場是……禽流感。

「半年前場內發生疑似症狀，各種篩檢都顯示陽性，確診後立刻依照規定，全面撲殺，移動管制，清場。」吳先生兩三句話說得簡單，光是想像曾發生在這場內的天翻地覆與損失，家豪也忍不住嘆了口氣，如珊更是全身起雞皮疙瘩，空空蕩蕩，安安靜靜。

反而是吳先生硬擠出了幾聲乾笑說：「那時候什麼都沒了，也想不做了，可是都這個年紀，還能轉行嗎？只好繼續養。」他開玩笑地搥簡老師一拳，「實在很不夠意思啦，那麼久的老朋友也不給我通融，陽性就是陽性。」

簡老師也拍了拍吳先生的肩：「會有好結果的。就像群體裡難免有淘汰的比例，為了大多數場的防疫考量，為了繼續下去，一部分的犧牲是必要的。這次清場跟復養，就當作一個調整，以後可以經營得更長更遠。」

窗外已近黃昏，依然是個陰天所以沒有晚霞，車隨路面晃動起伏，承翰感覺懷裡的鴨蛋突然移動，伸手要保護它，卻感覺蛋殼破了，聽到啾啾叫聲。

不會吧?!這微弱的啾啾聲，把大家都吵醒了，全都圍在承翰身邊看——小鴨孵出來了！

溫熱的、軟軟的，站都站不穩還盡力張開翅膀，承翰用手心捧著這隻小小鴨。逃離獸醫系又回來，輪到最排斥的病理組，卻有新生命在手中真真切切地展開，這是要告訴他什麼呢？簡老師對場主吳先生說的話一直繞在承翰腦海裡——「為了繼續下去，一部分的犧牲是必要的。」明天又是病理解剖課了，明天要面對大隆師，以及死亡。

是他。大隆師當然認得承翰，也忘不了承翰當年在課堂上的激辯，堅持不肯執行電昏動物、解剖動物，當著全班同學的面，兩人互不給對方臺階下，承翰筆試考了最高分，但實習零分死當。

若是他期末來求情，大隆師會考慮一下的，只是聽說他就此休學。有點可惜啊，大隆師心裡想，這麼堅持的人，若繼續走下去會成為一個好獸醫吧？那也不一定，越是優秀的學生越難溝通與妥協，偏偏獸醫需要的是團體合作。

做了許久的心理建設，還是跨不過自己那條線。承翰也試著拿起電極但下不了手，清楚解剖的每個動作流程但不忍見牠斷氣，不願生命結束在自己手上。

第二次實習，承翰的外表看起來成熟了一點，大隆師這次以全組成績威脅，不操作就寫不出病理報告，全組病理報告的平均即為該組實習分數。「這太不公平了！」怡敏當場抗議，承翰也抗議但無效，僵持了幾分鐘，承翰選擇站到解剖房外罰站。

「學長」隔日又直挺挺地站在解剖房外，實習至今第三週，到哪都罰站的承翰已成為一則都市傳說，一個笑話，住院醫師們在茶餘飯後加油添醋口耳相傳，即使知道內情的人會儘量迴避，但教學醫院就這麼小，永潔還是知道了。

這天，永潔排開了所有手術，找人代班一個小時，特地去買了網路最近很夯的排隊甜點與飲料，帶著一份準備好的病歷，來到系館四樓病理室。像聖誕老公公一樣發給每個研究生與助理下午茶，最後敲敲大隆師辦公室的門，「老師，剛好多一份下午茶，休息一下吧？」

很快就討論完永潔想問的病歷，聊聊系務會議與醫院行政瑣事，聊聊開學後的忙碌，以及一屆不如一屆的實習生，重點來了。永潔先是拋磚引玉，抱怨實習生的種種白目行徑，引大隆師共襄盛舉提出更多誇張的例子，最後大隆師一定會以過來人的身分，勸永潔別跟這些學生一般計較，氣壞自己多划不來，他們要打混損失的是他們，日後再也沒有這種機會，你想學別人還不一定肯教呢。到這裡都還按著劇本走。

可是，一提到承翰，永潔小心翼翼雲淡風輕地提到承翰，大隆師的笑容一秒退去，彷彿氣自己沒有早點看穿永潔鋪陳的意圖，嚴正地說：

「站在老師的立場，他很會考試，畢業後，一定能通過國家考試取得獸醫師執照。可是妳覺得，他開始執業以後，能禁得起死亡的打擊嗎？實習這一年，就是要讓學生學習面對獸醫師該面對的，一個逃避死亡的獸醫，我不會放他畢業。」

沒錯，大隆師說的對。

永潔完全被說服了，派不上用場的各種說詞，甚至讓永潔有些心虛，看來要請大隆師通融承翰是不可能的。而大隆師的話還沒講完：

「站在同事的立場，妳也該放過妳自己了，我聽說妳等了他好幾年，他很優秀，可是不放過自己，這樣在他身邊的人會很辛苦……」這下換永潔板起臉，收拾病歷立刻起身，結束她不想面對的話題，「謝謝老師，醫院還有事我先走了。」

MJ早就習慣把實習報告先交給班代家豪，以便隨時蹺課，也習慣看著家豪參考比對怡敏與自己的報告，最後交出去勉強pass，可是這次家豪截長補短完畢，還多打了一份報告，寫上承翰學長的名字，這樣不會太雞婆嗎？家豪不回答，反而問MJ，可不可以養那隻哈士奇？

「可是房東不准養寵物。」

「那就把牠藏好，我會小心一點的，拜～託～啦，牠看起來好可憐，每次牠跟著我，都好像很餓的樣子，我猜牠在外面一定常常吃不飽。」

「那我也很餓，你養我好了，我當你的寵物，拜～託～啦～」MJ整個人撲到家豪懷裡撒嬌搔他癢，家豪笑著躲開，依然憂心忡忡。

「可是之後天氣會越來越冷，要是又下雨……而且，當初是我不小心把牠騙回醫院，雖然是誤會一場，可是我覺得……我應該要對牠負責！」

ＭＪ看家豪就快認真起來，抓住他的肩膀拚命搖晃他。

「看著我的眼睛，跟我念一遍，宿舍不能養狗。」家豪複誦。

「每隻流浪狗都是自己照顧自己，你要是養牠，房東就會把你趕出去流浪！」家豪搖頭。

「對別人仁慈就是對自己殘忍，千萬不能心軟！」家豪點頭。

實習至今即將滿月，任何粉絲親友的探問，ＭＪ都會抽空回應：「so far so good.」事實上……也相去不遠。

中午休息時間可以好好坐在哪間店裡吃飯，而不是窩在醫院胡亂塞個麵包或扒完冷掉的便當，表示ＭＪ逐漸上手了。好不容易，在ＭＪ悉心照顧下，小巴戈寶可夢的血檢數值都正常，主治醫師決定明後兩天就讓牠出院，同時run小動物與病理實習的兩倍loading生活就快結束了！

ＭＪ伸個懶腰瞥見店裡電視播放的ＭＶ，新的男子偶像團體，唱歌跳舞與妝髮都略帶生澀，但有一定實力，那幾個面孔似曾相識，應該在比賽或哪裡見過，這麼快就出道了?!是啊，已經過了快一個月，當時經紀人或友團的名片都還留著，卻沒有誰再打來過。

「沒差啊，反正我現在要專心實習，準備之後要……」如果能用一貫無謂的口氣，也許還能重現傳說中全能悠遊的帥氣，可是MJ說不出來——「成為一個獸醫」。

不管了，今晚一定要去。

今晚是熱舞社社慶，照慣例會邀請友校、友團、畢業的老骨頭大團聚，各方苦練許久或隨興地上臺battle，MJ若是現身，一定被安排在壓軸，引爆全場高潮。光是想像置身其中，MJ就活起來了，他眷戀的不是掌聲，是自己。

一旦決定，步伐就變輕快，就連今天的寶可夢看起來都沒那麼討厭了。巴戈這個品種，怎麼看都像是誰在育種過程的惡作劇，眼睛凸、鼻子扁，與生具備皺紋與禿頭，加上關不緊的嘴偶爾伸出舌頭，更像個憂愁的老頭在裝可愛，每次聽寶可夢的主人說牠眼神多撒嬌、好可愛、在生氣，MJ就會點頭微笑，在MJ看來，巴戈的眼鼻嘴連成一團黑，哪分得出來眼神是什麼。

寶可夢來住院時才剛滿一個月，瘦弱得可以用一隻手掌握，嚴重呼吸道感染讓牠呼吸像豬叫，哈啾一下就噴出黃綠色的鼻涕糊滿整張臉，不時被自己咳出的痰嗆到，即使排除了犬瘟熱、經輸液治療穩定下來，也因為暫時缺乏味覺而食慾不佳，總醫師永潔看寶可夢這麼虛弱，牙都還沒長齊，吩咐MJ要把飼料泡軟，經鼻胃管灌食，一天六次。

治療搭配照護成效頗佳，寶可夢很快就長胖了，總醫師永潔看牠精神活力有進步，拆掉鼻胃管希望牠自行進食，牠就不吃了。不行啊，不吃怎麼出院呢？吸鼻涕、擦臉，ＭＪ把寶可夢弄得乾乾淨淨，還把飼料加上幼犬奶粉，加溫水調製成一盤香噴噴的粥，等牠青睞的過程自己都餓了，寶可夢只願意吃幾口，只長骨架沒長肉，因此又瘦了。

經多方衡量，永潔決定灌食。幼犬，尤其這種扁鼻子狗自己吃都會嗆到了，灌食要特別小心，讓吊兒郎當的ＭＪ繼續負責這病歷，既是磨練也是處罰，只是不放心的永潔得頻頻去盯他，反而像是整到自己。

終於，把屎把尿來到最後一次，寶可夢一看ＭＪ走進住院病房就搖尾巴，也許知道明天就要回家了，恭喜囉！為了慶祝彼此的解脫，ＭＪ精心調製的這盤飼料粥香濃可口，擺到寶可夢面前，牠還是只顧搖尾巴。

快吃啊！該不會捨不得我吧？還是耍大牌要人家餵？ＭＪ看著牠，覺得這張臉看久了其實滿可愛的，能分辨出眼睛、鼻子、嘴巴，而且……哈啾！寶可夢連續打了好幾個噴嚏，原來有這麼多鼻涕啊，難怪食慾不好。

ＭＪ看看時間，社慶表演已經開始，草草把鼻分泌物的狀況記入病歷，寶可夢吃了一兩口就趴著休息，ＭＪ拿出3cc空針筒，用灌的比較快。

手機響了，是熱舞社學妹，MJ一手沾滿了特調飼料粥，一手控制寶可夢的抵抗，只能任手機停了又響，響了又停，學妹該不會以為我像前幾次那樣放他們鴿子吧？為了活動順利進行，該不會改排別人壓軸吧？

MJ開始急了，這時寶可夢偏偏又打了個大噴嚏，整隻狗重心不穩，臉與前腳都栽進飼料盤，「是怕我不夠忙嗎?!」明知抱怨無益但還是忍不住暗罵，MJ轉頭抓了許多張紙巾與抹布來擦，可是——牠怎麼了？勉強發出一兩聲像豬的呼吸聲，深陷泥漿的前腳揮舞，頭抬起來又像咳嗽又像嘔吐，張大嘴巴流口水，就這麼停住了。

「呼吸道阻塞」，MJ立刻反應過來，永潔曾經說的狀況大概就是這樣吧？如果發生了該怎麼排除？永潔必定有說過，但MJ愣在原地，全身發抖，而且竟然無法走去推開住院病房的門。

像過了一個世紀那麼久，直到寶可夢露出的舌頭略呈藍紫色，MJ才想到可以打電話給永潔學姐。掛上電話不到一分鐘，永潔就推著急救用具衝進病房，冷靜有條理地逐一檢查，動作迅速確實，那自信讓MJ回過神，靈活地在永潔指示下幫忙急救，牠會活起來吧？會吧？

不行，還是沒辦法插管。

永潔拿聽診器，已經聽不到心跳了，永潔嘆了一口氣，隨後又深深吸一口氣，指示MJ再給強心針，再進行CPR，「別那麼快放棄啊！加油！」永潔拍拍寶可夢，MJ感覺自己還在顫抖的手，此刻似乎生出力量。

兩人輪流CPR，檯面滴滿汗水，寶可夢吐出一些飼料粥，永潔埋頭繼續清，狗太小隻操作受限，邊清邊問：「怎麼噎到的？」

「牠自己吃的，我沒有灌牠。」MJ回答了一部分的事實。3cc針筒裡還有一半沒灌完，就淹沒在紙巾堆中，永潔還不知道，MJ整理紙巾包好，在手中緊緊握著。

再給強心針，再進行CPR，瘦小的永潔強悍地又重複了幾次，急救了半個小時，直到MJ發現寶可夢瞳孔放大，已經排出糞便尿液，這是休克吧？

永潔要MJ打電話給寶可夢的主人：「簡要說明狗休克了，請他們立刻過來。」還沒放棄急救。

週末夜晚，寶可夢主人全家到外地旅行去了，最快也要兩個小時才會到。漫長的兩個小時。

MJ手機裡累積許多未接來電與訊息，看看時間，壓軸表演應該結束了，此時大家會約去哪裡吃宵夜或唱歌續攤，討論今晚的表演、下次該試什麼更炫的舞步……「那個世界少了我也無所謂」——MJ突然領悟的這件事，與突來的死亡相比，哪一個比較殘酷？

主人到的時候眼睛都哭腫了，奇蹟沒有發生，主人擁抱的寶可夢已經死後僵硬。永潔詳細解說死亡的原因、急救過程、住院期間病情的轉折，明明是當事人的ＭＪ，聽起來卻像一場夢，「要謝謝這位實習醫師，他花了很多時間陪寶可夢，呼吸困難也是他第一個發現的。」永潔誠懇地對主人說。

夜已經很深了，但這漫長的一天還沒結束，還需要一點時間。永潔把寶可夢整理乾淨放入紙箱，讓主人與牠在小佛堂裡獨處一下，吩咐ＭＪ回家休息。

怎麼睡得著呢今晚，ＭＪ沒有去牽車，而是在教學醫院外，看著小佛堂亮著的燈徘徊，ＭＪ緊緊握著口袋裡的那團紙巾，裡面包的3cc針筒裡還剩一半的飼料泥，如果現在走進去把真相說出來，會被原諒嗎？可以改變什麼？

ＭＪ加快腳步，在轉角垃圾桶把口袋的東西丟光，再從背包掏出有的沒的全都丟進去，壓住全部垃圾，應該看不到了吧。

ＭＪ拔腿狂奔，一路跑入漆黑校園，逃跑似地狂奔，跑到胸口撞擊的心臟快要炸裂，跑到ＭＪ一點力氣也沒有了，「對不起、對不起！」ＭＪ對著夜空大喊。

時間不管你喜不喜歡都會過去，兩週的病理實習結束，承翰來到大隆師的辦公室，問大隆師為什麼要讓自己通過。

「我說了，實習分數是看整組的實習報告，你們這組全交了，我就讓你們全組pass。」

「可是我沒有……我沒有執行解剖，我沒有交……報告。」承翰抬頭挺胸地說，看著同樣堅定的大隆師，感到疑惑。

「因為你不是一個人，是整個團隊一起面對，他們把你當隊友，你呢？」承翰馬上想通，可是，為何他連正眼都不願看的學弟妹會願意幫忙自己，而且大隆師怎麼……會放水？

「等你真正成為一個獸醫，你再來告訴我，怎麼面對死亡。」大隆師瞪著承翰，撂下最後這句話，像一帖挑戰也是一份祝福。

家豪的膀胱快爆炸了，第三次經過宿舍還是無法進去，因為，門口坐著一隻忠犬。那隻哈士奇已經完整地掌握家豪的行蹤，其實相當簡單，就是教學醫院跟宿舍。不論晴雨，哈士奇只要看到家豪出來就跟著走，他進去牠就在門口等，跟丟了就到另一個點等，一直等，從黑夜等到黎明，從夏天等到秋天，等到家豪都不知道怎麼面對牠了，只能遠遠地偷看，用念力勸牠「放棄吧」。

可是，家豪揉揉眼睛，有沒有看錯？

警告「千萬不要心軟！」的室友ＭＪ，為什麼蹲在門口摸哈士奇？從頭頂摸到肩膀，摸到哈士奇翻開肚皮樂不可支，怎麼會這樣？

「不要看牠的眼睛！」家豪就要喊出聲來了，「ＭＪ不行啊！」

哈士奇看著ＭＪ，也許把他誤認為家豪或是誰，任何一個願意成為主人的人類。ＭＪ看著哈士奇，沒有凸眼睛、扁鼻子也沒有皺紋，卻看到了小巴戈寶可夢的眼神。

那個祕密的3cc針筒連同更多垃圾層層堆疊，不留痕跡地被載走丟棄，可是小巴戈寶可夢的眼神，日日夜夜揮之不去地跟隨著ＭＪ，ＭＪ甚至害怕看到鏡子裡的那張帥臉，就是那個人，就是那雙手，腦中再次清晰地播放：「牠打了個大噴嚏、臉與前腳都栽進飼料盤、發出豬叫呼吸聲、又像咳嗽又像嘔吐、停住、瞳孔放大、排出糞便尿液、休克……」

真的不是故意的啊，ＭＪ只能反覆洗自己的手，有千百種說詞但不能向誰辯解，為什麼是我呢？上天讓這個生命碰巧結束在我的手裡，為什麼？那畫面一次又一次重溫，ＭＪ一遍又一遍洗手，怎麼樣也洗不掉，這雙手的無能為力。

餐風露宿的哈士奇一定去過很多地方，厚厚的毛沾了鬼針草、泥土、機油、不知哪來的綠色油漆，毛根處混著牠自身皮膚久未清洗的油脂，ＭＪ撫摸著牠，手上累積的髒汙搓一搓可以形成一團黑，ＭＪ太專心跟哈士奇玩耍而沒有逼自己去洗手，因為牠的眼神啊，每隻狗的眼神都是這樣的嗎？全然把自己交付給人，讓人充滿希望的嗎？有沒有可能，ＭＪ突然想到，上天會不會透過自己的這雙手，拯救另一個生命呢？一個，只要未來能拯救一個生命就好，就此扯平，好讓ＭＪ可以原諒鏡子裡的那個人，不再反覆洗手。

這太不可思議了，家豪呆滯站在對面，無法邁開腳步跨越馬路，也無法阻止ＭＪ跟哈士奇從頭到尾從正到反的澈底玩鬧，玩到兩個都累了，ＭＪ與哈士奇互看了很久很久很久，然後家豪眼睜睜地看著ＭＪ打開門，讓哈士奇隨他回家。

脫離了病痛，小巴戈寶可夢輕飄飄地往上飛，飛到一大片像棉花糖的雲朵上，牠不再呼吸困難了，這裡有好多好吃的東西、好多好玩的玩具。

「凡是被人類愛過的狗貓都會到這裡來。」一隻博美狗搖搖尾巴歡迎牠，應該澎得像顆球的毛因為年老而稀疏，左眼球白白的，右嘴邊缺了牙露出一截舌頭，牠叫做Pocky。

「來這裡做什麼？我想跟我的主人在一起，我想跟主人抱抱。」寶可夢說，帶著豬叫聲的呼吸。

「你看，他們在那裡。」Pocky趴在雲朵，寶可夢隨著牠往下看，那是教學醫院，清清楚楚地看到其中忙碌的人。

「喔，我看到了」，寶可夢說：「是餵我吃飯的實習醫生，那個頭髮長長很會唱歌跳舞的帥男生，你呢？你在看哪一個？」

「最可愛的那個，我的主人很愛哭，有時候會對自己沒有信心，我要在這裡一直看著她」，Pocky注視的如珊正在走廊上跟阿凱說話，笑得甜甜的，「直到，她成為一個好的獸醫。」

6

教學醫院L形走廊的轉角處就是野生動物科，長邊短邊各一間門診室，每間各一位主治醫師，為了公平起見，這組五個學生提早在門口集合，慎重決定誰要先輪黑無常診間。

根據MJ提供近年來學姐們的情報，整間醫院最沒有存在感的野動科，就像過往修過的一些食之無謂，棄之可惜的「XX概論」，輪完兩週會感到一種若有所失、若有所得、但說不出個所以然的虛幻感，對，那就是了。

畢竟所有大家最不熟的、非哺乳類的動物，統統被歸類在野動科，不同物種之間解剖構造、生理、病理、藥理的差異，好比人類跟外星人的距離，那可是好幾光年啊。難怪家豪每次經過走廊轉角，即使日正當中也從背脊傳來涼意，還好總是匆匆走過，要是停太久可能會被吸進黑洞裡去，不知會從何時何地的出口噴射出來。

黑無常醫師本姓蕭，據不可考的都市傳說，當年他原本是本校外文系學生，在他青春正甜，還跟女朋友在校園手牽手談情說愛的時候，撿到一隻受傷的白頭翁，送到教學醫院卻沒有任何醫師能夠治療牠，還開導他說：「你去鳥店買一隻新的鳥只要五十塊，我把掛號費一百五退給你，你可以買三隻。」

蕭醫師的陰鬱自負，一定是從那時開始蘊釀的，外文系畢業後重考獸醫系，整個五年自學非犬貓動物診療與急救，從大五那年開始，在這鬼影幢幢的廢墟診間救助野生動物，是為教學醫院野動科的濫觴。

承翰一聽，彷彿遇到同類，自願兩週都輪黑無常門下，剩下四人也不必再猜拳、擲骰子、抽籤或數支，兩人一組下週再交換。

家豪、怡敏動作快，搶先踏入白無常的診間，背景音樂是Bassa Nova，空氣中咖啡香四溢，白無常醫師端上兩杯剛煮好的咖啡，請兩位同學說說對野生動物的瞭解。

「你什麼都沒教，希望我們能瞭解什麼？」怡敏灌入冒煙的咖啡，壓抑自己不要說出這幾句話。實習至今才幾個月，怡敏再怎麼不長眼也能察覺，醫院不是學校，看似等同於老師的「主治醫師」——好像真的沒有非教什麼不可的責任耶！

但實習分數是誰打的，就別跟那個人過不去，怡敏珍愛分數更勝於生命，就算被燙到紅腫的嘴脣擠出的笑容有點扭曲，怡敏也努力跟上白無常後續的話題，頻頻點頭微笑。

究竟旅行、咖啡、推理小說、滑雪跟野生動物有什麼關係，家豪是真的聽不懂，只覺得這裡是天堂，經歷過小動物科、病理科的折磨，進到這化外之地，就像度假一樣，果然像學長姐說的「當作在動物園逛兩週」，好好放鬆一下吧。

白無常醫師就是臺灣野生動物之父——蔡定嘉，早在大家都熱衷於經濟動物或小動物的年代，反骨的他出國拿的是野生動物學位，是當今握有最多國內外資源的野生動物界權威。而這麼多年以來，野生動物科繼續保持其冷門的地位不墜，白無常醫師門下也沒有任何接班人，正如他所願，因為，他一點也不想把自己辛苦累積的知識與經驗傳授給學生。

學生要嘛就是沒興趣學不會，畢業後一樣投入犬貓醫療——那麼教他有何用？要嘛真的是百年難得一見對野動有興趣又有天分的奇才，日後萬一青出於藍更勝於藍，還反過來跟自己搶資源——那麼教他有何用？

歷屆學生為他取白無常這個綽號，不只是為了跟黑無常對比，而是他表面溫和慈善的笑臉，永遠看不出心裡無常的喜怒——你怎麼被當的都不知道。

帶著滿身咖啡香，結束無邊際漫談，家豪、怡敏走出診間飄飄然地不敢相信，整個早上一個診也沒有、一行筆記也沒寫，在星巴克打工都沒這麼愜意吧？另一間診間，打開門走出像剛從荒野探險回來的三個同學，走廊轉角全員湊齊，「走，去逛超市！」

走啊，說走就走，只是野動的好日子才輪第一天，中午就開吃會不會太早？

大家聚在一起吃吃喝喝必定由家豪當主廚，ＭＪ一定要配啤酒，怡敏喜歡吃肉，如珊很挑食只有酸的最對味……家豪推著購物車正要張羅食物，卻發現ＭＪ、如珊在蔬菜區撿大嬸挑剩的菜葉，承翰在即期水果區被果蠅包圍，原來這些食物不是給自己吃，是要帶回去給叢林裡的住院動物。

「叢林」不到四坪大小，是黑無常在醫院中庭模擬各種住院動物自然棲地所製造的空間，因此它看起來有時是堆雜草、有時是沼澤、有時是池塘、有時是樹林，大部分是上述的綜合體，引來蚊蟲豐富生態，也證明其仿擬野外的成功。

如珊、怡敏洗菜，承翰、家豪切菜攪拌，怡敏秤重裝盤，像在自助餐店的後場各司其職，料理出一盤一盤麵包蟲、老鼠、小雞、蟻窩、蔬菜水果，然後開始觀賞餵食秀。

穿山甲阿甲最愛的食物是蟻窩，但價格昂貴一個禮拜只能吃一次，大部分要搭配麵包蟲，原本縮成一團球的阿甲舒展開來，捧著食物用尖尖的口鼻鑽進去品嘗，吃完把前腳澈底舔乾淨，又縮成一團球躲在角落休息。

黃金蟒自己住套房，ＭＪ從來沒看過牠動，即使放進活的小鼠、小雞，食物在籠內跳上跳下悠遊自得，黃金蟒依然像個裝置藝術，不為所動。但是隔天，食物就不見了，ＭＪ永遠等不到黃金蟒吞下食物的畫面，事實上，一直到黃金蟒蛇出院為止，在ＭＪ眼裡，依舊無法區別牠健康或生病之間的差異。

兔子總共六隻，紅蘿蔔其實不能餵太多，各種青菜都要吃，因皮膚病而掉毛的獅子兔噗噗，吃飽了喜歡晒太陽，叢林的陽光區是大家共享的，三隻烏龜平常像不動的石頭，飼料出現時才會以全速（但還是很慢）前進覓食，如珊拿牙刷輕輕幫大中小烏龜刷背，MJ邊以化毛膏引誘噗噗邊幫牠梳毛，在和煦陽光下，這些動作都鑲上了金邊，連飄散在空中的細毛，都優雅緩慢地富有詩意。慢慢來，不必急。

承翰看著這一切覺得療癒，手機再怎麼響也可以直接按掉不去理會，彷彿躲在陰暗處的自己，終於也可以把體內傷口攤開在太陽下晒一晒，任微風輕撫。結痂的、看不見的傷口總有一天會好的，總有一天。

貓頭鷹寬寬是由承翰照顧的，寬寬的初級飛羽嚴重折損，等著換新羽，很瘦沒有肉，胸骨像把刀一樣尖銳，承翰用夾子夾麵包蟲、豬肝、雞肝到嘴邊餵牠，多吃一點啊，長胖一點，才能重獲自由喔，承翰像寵小孩一樣期待著寬寬。

於是承翰想通了，覺得可以回應近日不願接起的、手機那端的期待了。

低調極簡的大門有警衛還有監視器，一走進去是歐式的庭園造景，經過小橋流水，正門口的玄關擺放著各家親戚的鞋子，有權力地位的人說起話果然特別大聲，那些自以為是的言論在挑高的豪宅裡迴盪盤旋不已，儘量趕來還是遲到的承翰，無可避免地全都聽到了，傭人接手承翰脫下的鞋，他一腳踩上軟綿綿的地毯，陷入過去無法自拔。

應該是大伯父與小叔叔的聲音，討論著最優秀的醫學系學生該選神外還是心外，三姑姑與幾個堂姊聚在一起就變成眼科醫師的忘年會，大表哥當然不甘心被冷落，嚷嚷著在健保制度底下，不論醫學中心或私人診所的獲利都沒有牙醫多，在牙醫臨床工作多年、卻一心嚮往基礎醫學研究的小表弟並不認同，太過聰明的人總難屈居下風，幾番伶牙利齒脣槍舌劍後，最後一定由爸爸出來打圓場。家族裡最溫和的、邊緣的、當中醫師的爸爸，從承翰以醫學系的分數選填獸醫系的那年開始，就在家族聚會成為箭靶，代替承翰答應親戚們，等承翰玩夠了、認清現實了，總有一天會迷途知返，回來好好當個醫生。

如果知道岔路走向哪，就可以知道哪條是正途吧？承翰多希望自己可以早一點知道，可以少繞一點路。

承翰快步走向餐桌，那些正談論著承翰的親戚們太興高采烈還來不及閉嘴，眼睜睜看著承翰把禮物放在奶奶手心，低頭跟奶奶說了聲生日快樂，又快步離去。留下全場一片安靜，該繼續談論什麼呢？

白無常醫師請假三天之後，一早帶著大家開車出診到野生動物園，大朋友的童年回憶、小朋友最愛的「淘氣家族」。這麼好康的事，MJ問過黑無常，沒有得到同意也沒有得到反對，簡稱沒有意見之後，拉著承翰、如珊擠上出診車，參加校外教學了。

「淘氣家族」的正門有兩隻大大的吉祥物，正是由這間野生動物園的明星動物袋鼠與山羊化身成的Q版玩偶，張開雙手歡迎大家。

如珊、家豪趴在車窗，眼看吉祥物靠近又遠離，出診車過大門而不入，工作人員引導往山邊，打開小門對白無常醫師點頭致意，出診車就從這綠蔭小路進入動物園。

哇！這是哪裡？真的要去叢林探險嗎？大驚小怪的不只如珊，MJ、怡敏、家豪，連承翰都難掩好奇，驚聲呼叫大家看自己的發現，隔著一排樹後面有獅子的吼聲，大象的長鼻子，長頸鹿冒出樹梢的頭，這條員工專用的祕密通道串連了動物園各展區的背面，也就是動物休憩的欄舍與工作區。

車子停妥，大家怯生生地往前走，第一次近距離看到這麼多野生動物啊！迎接他們的長鬃山羊們心裡一定也這麼想吧，才會呆呆站在原地，觀察眼前的這群生物要做什麼。

「等等」，管理員要大家先停在原地，幾分鐘後山羊習慣他們的存在，才又開始自由活動，其中有一隻山羊移動的特別慢，「對，就是那一隻」。

管理員把生病的山羊帶到工作區，天啊！彷彿是一隻移動的陳年臭襪子＋鹹魚＋臭豆腐＋堆肥逐步靠近，拱著背的山羊只差沒跪著走，牠的左前腳縈繞著蒼蠅蚊蟲，虛弱得沒有抵抗能力，任管理員與白無常清理牠已經腐爛的腳底。

清水沖洗，剔除腐肉與髒汙，優碘沖洗，最後打針。這是典型的蹄葉炎，白無常結束工作，提醒管理員順便告訴大家，草食動物蹄部有豐富的血管，會因為飲食、感染、外傷或沒有定期修蹄造成發炎，如果沒有處理好，可能引發全身性的感染，像剛剛那隻山羊因為反覆感染且對治療反應差，蹄底已經冰冷發黑，預後相當不好。

管理員把其餘健康的山羊趕回展區，獨留這隻受傷的山羊在欄舍裡休息。少了這隻山羊，一般遊客也不會發現吧。

「為什麼會反覆感染呢？」結束這病例，剩下全是自由逛動物園的時間，如珊看著可愛的草泥馬、會吐口水的駱駝、咯咯叫的火雞，心裡還是惦記著長鬃山羊的蹄葉炎，拉著家豪討論；怡敏立刻用手機上網查資料；MJ幫自己與大家拍了好多張美照；承翰逛了好幾個展區後，謹慎地提出他的看法：「長鬃山羊的展區是水泥地板，地面粗糙不平還有坡度起伏，容易讓蹄摩擦產生傷口？」

「BINGO！」

不知從哪傳來白無常的聲音，原來白無常沒有放生大家，一直跟著一起逛動物園。「你很有sense喔！關於展場的地板，我已經向他們建議好幾個月了，這也不是第一隻因此受傷的山羊，可是，這個歷史悠久的動物園、大概行政體系已經僵化了，寧可花錢買新的動物來展出，也不願意改善原有的空間。」白無常醫師輕鬆說著，像閒聊太陽很大或明天會下大雨一樣，無可奈何。

難道沒有別的辦法嗎？任那隻長鬃山羊承受著痛苦直到淘汰，最後換成另一隻新的山羊也沒差嗎？回程的車上，家豪與承翰窸窸窣窣地討論，還比手畫腳拿筆記本出來畫圖。

🐾

永潔的每週四都是滿滿一整天行程，一進醫院就得萬事on schedule，如果有哪個不長眼的敢delay任何一個環節，這人包含其後的所有行程都會慘遭砲轟，上道一點、會看臉色的，就知道適時送上奶茶、巧克力等comfort food給永潔，她的心靈平靜就等於大家的萬事太平。

又是週四，還不到八點半，住院醫師小佩帶著幾個要認養小貓的民眾來找永潔。永潔沒有停止手上的工作，只冷冷地用「這妳也搞不定？」的餘光射向小佩。「不不不，總醫師妳聽我說，他們指明要認養網路影片上的天涯任我行、多情小辣椒、頭好壯壯大師兄。」

這什麼啊？醫院要送養的浪貓很多，可是哪來的影片？

永潔放下了手上的工作，以一個準備將走錯棚的民眾轟出去的氣勢站起身來，但是被ＭＪ搶先一步往前站。

「你們是來面交的吧？」抱著紙箱的ＭＪ說。

他載歌載舞一一介紹院內送養的小貓——「天涯任我行」喜歡自己單獨在貓砂上廁所，「多情小辣椒」很愛撒嬌但打起架也很兇狠，「頭好壯壯大師兄」一臉憨傻隨時會睡著，順便為各位介紹兩位神祕嘉賓，目前還沒拍影片……

永潔儘量別過臉不去看，強憋住一發不可收拾的笑，也太好看了吧！每隻浪貓經過ＭＪ的精心照顧，果真像他所取的藝名那麼討人喜歡，就只是每天經過的醫院大廳，為什麼ＭＪ一開始表演，他和他手上的貓，甚至整個空間就散發光芒，讓人忍不住微笑，忍不住多看幾眼……

永潔交代小佩把其他貓狗也託ＭＪ比照送養，但是，一定要讓ＭＪ知道，實習分數已經交出去了，絕對不會因此而加分、也不會發case讓他報seminar。

那麼ＭＪ到底為什麼要做這些事？永潔在走廊上快步離去，想了一整天想不通，但是，維持了一整天的好心情。

叢林的空間確實不夠大，實習生如果全部擠在黑無常這間，就連走路都要左躲右閃。這天如珊幫天竺鼠換過墊料，那人還擋在垃圾桶洗手檯中間慢吞吞的，如珊被墊料上滿滿的阿摩尼亞味嗆得快昏倒，不耐煩地喊了幾次借過，他若再占著位子，如珊就要不客氣地擠上前去……

「不好意思。」他轉過身把啄剩的老鼠殘骸倒入垃圾桶，是阿凱學長！

怎麼會？阿凱學長怎麼會出現在這裡？離開小動物科之後，如珊儘可能繞路到小動物科走廊、在住院病房前徘徊、刻意在藥局張望，醫院明明就這麼小，怎麼樣也遇不到阿凱，但卻是在這裡，當兩人手上的阿摩尼亞味與吃一半的老鼠屍體臭酸味，混雜成一種千載難逢的氣息。

如珊愣在原地，任天竺鼠在空蕩蕩的籠子裡不甘寂寞地奔跑，小小的滾輪被牠跑得隆隆作響，不行，再多看阿凱一秒，眼神就會表露心意。

「你們輪野動？」阿凱側身繞過如珊，某一瞬間如珊差點要停止呼吸。

「那妳可以順便幫我照顧牠嗎？」阿凱把青蛙跟麻雀裝成一盤，走到角落跨越草叢，打開偽裝得很好的籠子，裡面是一隻大冠鷲，牠的眼神炯炯如火炬，氣勢像王者。好帥！如珊在心裡讚歎。

「你是牠的主人嗎？」糟，如珊一開口就發現自己問了蠢問題。

「野生動物是不屬於任何人的」，阿凱微笑，「牠屬於大自然，我們只是盡我們所學照顧牠一段時間，等牠足夠強壯，就可以回到牠該去的地方。」

「可是，你是小動物科的住院醫師，也知道該怎麼治療……牠？」這個問句又引來阿凱燦爛的微笑，顯得如珊更蠢了一點。

「黑無常……不，蕭醫師有幫忙。」阿凱關上籠子蓋好毛巾再把草叢撥亂，隱身在此的大冠鷲，就成為阿凱與如珊之間的小祕密，當然還有黑無常。

「蕭醫師其實人很好的，只要你肯問，他就肯教，他剛成立野動門診的那一年，我跟你一樣是大五實習生……」阿凱聊著黑無常，聊大五實習的酸甜苦辣，聊大四升大五的最後那個暑假，聊大四差點被當的豬病學，聊大三跟外文系的聯誼，聊大二被生統生化夾攻，聊大一新生盃排球賽……如珊聽著聽著，從叢林跟阿凱一路走出醫院，散步到校園，天都黑了，如珊肚子也餓了，但一點也不想打斷話題，關於阿凱的過去，兩人一前一後經歷過共同的什麼，喜歡什麼、討厭什麼，一直聊下去好嗎？

趕在女宿關門前回到宿舍，那天如珊的腳非常痠、肚子非常餓、喉嚨因為過度使用甚至有點沙啞，忘了這個晚上繞了校園幾圈，只記得，阿凱學長說：「下次有空一起吃飯」，以及「等大冠鷲康復後一起去野放」。

「叢林」備膳的工作逐漸上手，大家通力合作下不到兩小時就全部搞定，如珊的媽媽要是看到她能俐落切菜還不會切到自己的手，一定懷疑這個女兒被調包了。黑無常依然沒有正眼看過這幾個實習生，只把每日工作寫在白板上，完成後自己簽到下課。

門診時間結束，黑無常下班走人，他們卻留在那裡繼續做手工。

這靈感是向黑無常學來的。黑無常會遇到腳骨折的鵪鶉、鸚鵡，可是牠們的腳既短又細，從國外訂鳥類專用的外固定骨板，貴得要死還要等到天荒地老，於是，黑無常會在沒有診的時候開始動手削，把免洗筷、冰棒棍或針筒推柄削成適當尺寸，作為外固定架剛剛好。黑無常的專注與謹慎，常常讓家豪看得出神，彷彿正在觀賞一個獨一無二的藝術品成形，承翰看到家豪眼裡燃燒的熱情，提議「我們來幫山羊做草鞋吧！」

怡敏、承翰從網路上找到幾近失傳的草鞋編法，但那是給人穿的版型；如珊、ＭＪ走訪手工材料行、菜市場、社區媽媽教室，找到適合的藺草，全部湊齊，家豪一拿到手摸索了幾分鐘，就有模有樣地開始編，雙手不夠還用腳指頭與牙齒幫忙。

大家都看傻了，這人什麼時候修過「山羊草鞋編織課」？一切彷彿內建在家豪腦中，信手拈來就編出精美的山羊草鞋，還根據山羊腳底的大小、施力的方式、綁在腳踝固定繩的粗細等細節進行調整。

於是只要有空檔，大家就一起跟著家豪學，手腳並用地、咬牙切齒地編出一只只厚薄不一的專屬草鞋，準備下次出診時，送去淘氣動物園讓長鬃山羊試穿。

🐾

永潔來到「叢林」，看到這番景象遲疑了一下，每個人嘴裡咬著藺草，藺草的另一端勾在腳指上，眼睛都快盯成鬥雞眼了，若是開口說話可能會功虧一簣、全盤散開。

但永潔還是說了，悄悄地、儘量低調地在承翰身邊說：「你媽找你很久了，你都不回電話，她很擔心你那天負氣出走……」

承翰把編了七成的草鞋丟在一旁，直視永潔：「妳為什麼還接她電話？」

「因為你不接所以我只好……」

「不是講好了，我的事，尤其我家裡的事，都不需要妳的幫忙。」

「我只是幫你媽轉達，你媽其實很辛苦，你不在的這幾年她只要一擔心，血壓就會飆高……那天你祖母的九十大壽，你媽早就預料到親戚會怎麼為難你，原本是希望你不要去的……」

「她還跟妳說了什麼？說啊，妳很愛跟她裝熟是不是？妳還跟她講了什麼？」

永潔儘量壓低音量，但承翰越來越激動，無法再假裝聽不到的大家，已經不知道自己的手在編織什麼了。

「講話客氣點行不行？」ＭＪ揉掉亂成死結的草團，站起來走到永潔前面，硬狠狠地看著承翰，等著承翰再敢回一句，ＭＪ隨時準備開戰。

這干ＭＪ什麼事？承翰根本不看ＭＪ，甚至也沒有看永潔，拿了包包就走。

永潔想追出去，也知道又會碰壁，滿腔的莫名其妙全都發洩在ＭＪ身上：「你什麼都不懂，不要多管閒事！」轉身忿忿離開。

怡敏、家豪、如珊三人為了假裝鎮定，立刻把荒廢的草鞋套回腳指與牙齒，試圖理出剛才的邏輯繼續編織，即使如珊的手指被草繩纏成死結，也不敢停下來面對這沉默。

不想裝忙也還不想離開的ＭＪ，從耳根熱到胸口，心臟撲通撲通跳著，第一次被女生如此對待，第一次，好奇這女生心裡在想什麼。

大冠鷲每次都把如珊準備的食物吃光光，好像餓了很久似的，如珊看著牠，好想問阿凱學長什麼時候來的，為什麼都遇不到？

大冠鷲的初級、次級飛羽都長齊了，身形逐漸飽滿，連黑無常都在白板指名可以野放了，但偏偏，氣象預報未來一週都是雨天，再等等吧，如珊安慰大冠鷲，「他答應要一起去就一定會一起去的，對吧？」好的機會值得耐心等待，好的人也是，依如珊的經驗，越急著想得到什麼，最後只會搞砸。

在小動物科的走廊徘徊已經成為習慣，空蕩蕩的中午休息時間，如珊沒有巧遇阿凱，卻等到一個氣急敗壞的主人。

如珊猜他大約五十幾歲，灰撲撲的工作服、疲憊的臉、憔悴的白髮和彎著的背讓他看起來更老一點，但他發自丹田下達的命令，卻像個任性的屁孩。

「喂，那個醫生，妳過來一下。」很想就地找掩護的如珊，看整條走廊沒有別人，確定他是在跟自己講話。

「牠不是我的狗，我要趕一點回去開工，喏，給妳。」

如珊雙手被交付了用毛巾包著、溼溼軟軟的一坨、一張一千元，以及一張寫了姓名、電話、地址的紙，這人的名字叫汪震武。

這、這是……如珊像捧著炸彈無法移動，直到汪震武走遠了，如珊才敢稍微變換姿勢，輕輕打開毛巾——呼！不是屍體，是一隻灰黑色的雪納瑞，軟綿綿的、全身泡在尿裡、微弱地呼吸著。

要這樣一直等到下午門診開始嗎？牠還可以等嗎？我能做什麼？

如珊抱著雪納瑞的手臂與胸前跟著溼成一片，牠一定很冷，誰來救救我、救救我們？

如果阿凱學長又像英雄般出現該多好，阿凱學長、阿凱學長，任何阿凱學長可能出現的地方如珊都敲了門，就算燈是暗的，門診室、住院病房、X光室、超音波室、住院醫師休息室、甚至男廁！

承翰與家豪拎著修整完成的山羊草鞋，剛上完廁所，看到門口站著快哭出來的如珊。

先做基本理學檢查，確認生命跡象，幫牠保暖。明明只跟如珊受過同樣的實習訓練，家豪逐步穩穩地接手處理雪納瑞，天知道下一步該怎麼做，天知道這樣做對不對，家豪只想讓如珊安心，只想儘可能地維持這隻狗的生命。

承翰一通電話，幾分鐘後永潔就出現了。

兩人完全沒有交談，承翰協助永潔記錄基礎生理數值、上點滴，最後把雪納瑞放上病床，推往走廊彼端的住院病房。

「像推著他們倆的孩子」淚眼迷濛的如珊拉著家豪說，她果然立刻忘了剛才的無助無措與為何哭泣，眼見難得的畫面印證了都市傳說——承翰與永潔這對班對，如果一直在一起，最後一定會結婚的。

如珊興奮地拉著家豪說：「是不是、是不是！」家豪沒有應和，這不是廢話嗎，一直在一起本來就應該結婚啊，可是要怎麼開始在一起？要怎麼從朋友變成情人？這對家豪而言，比英文還要困難。但現在最重要的不是這個，掛號窗口開了，快去幫雪納瑞掛號。

實習生五人十手，編出的好幾隻草鞋，經長鬃山羊親自試穿，總算有一隻能好好地綁上不脫落，走起來沒有跛樣，剛剛好可以用！長年的場地管理問題竟然有解了！照顧山羊的管理員比白無常醫師更開心，怎麼能想出這麼好的辦法，而且實際製作出來？管理員叫了手搖杯飲料請這幾個學生喝，還熱情加碼，邀請他們參觀育嬰室。

這是國家地理頻道的拍攝處，還是迪士尼卡通的現場？如珊一走進去就快融化了，怎麼這麼可愛！還沒滿月的小獅子，像小貓一樣舔著自己的小手掌、洗牠毛絨絨的臉；紅毛猩猩一點也不怕人，雙手環抱怡敏的脖子，拉她的手盪鞦韆；熟睡的小熊像玩偶一樣，任MJ抱著以各種角度自拍自拍自拍，小熊的肚皮依然規律起伏呼呼大睡；還有園內第一隻人工繁殖出的小水獺，管理員在水裡放了一隻魚訓練牠，以後長大才不會餓肚子啊，小水獺游泳跟抓魚的技巧都還相當拙劣，承翰傻傻看著，覺得整個世界都停在這裡也可以，小水獺好不容易抓到魚，承翰感動得想幫牠鼓掌。

被黑猩猩抱著的是家豪，兩歲的牠體重只有家豪的一半，力氣卻是人類的二三十倍，正好奇地用牠的手、腳、嘴、鼻探索家豪這個生物，雖然家豪全身上下都感受到牠的友善，可是生物的本能讓他擔心，黑猩猩會不會下一秒回歸野性，把自己當食物？

管理員出手拯救家豪，抱過黑猩猩鋼鋼像抱個小孩，牠最令人擔心的就是跟人類太親了，鋼鋼的媽媽母性不佳，生產後棄牠不顧，管理員只好以人工介入哺育，於是牠從小就是跟人類一起長大的，也試著放回黑猩猩籠舍幾次，就是無法融入群居生活，再過幾年，長成成年黑猩猩後該怎麼辦呢？鋼鋼撫摸著苦惱的管理員的臉，承翰突然想起，在書上看過黑猩猩的智商等同於人類六歲的小孩，從鋼鋼的眼裡，看到的是怎樣的世界呢？

離開育嬰室，白無常醫師帶大家去看鋼鋼的媽媽，牠是整個園區、全臺灣甚至整個亞洲的動物行為訓練示範動物，已經被引導到工作區的鋼鋼媽媽，偶爾對工作人員扮鬼臉，白無常醫師跟牠玩了幾回丟球，收起球，舉起目標棒，牠就靠近柵欄讓白無常醫師聽診，然後得到一根香蕉。白無常醫師再做一個手勢，鋼鋼媽媽就把手伸出柵欄，得到第二根香蕉。鋼鋼媽媽任白無常醫師綁止血帶、準備抽血，如此平靜又自在，像是進行一種遊戲。

這就是制約，白無常醫師說，動物行為的訓練基礎是古典制約理論，刺激造成反應，經過反覆學習訓練，把本來沒有因果關係的刺激與反應連結在一起，一看到A就引發B。

「我好像被制約了。」在回程的車上，因為第N次想起阿凱學長而微笑的如珊突然想通，原來自己與野生動物並沒有太大的不同。

雪納瑞被永潔學姐確診為膀胱結石，經過兩天的輸液治療，各方面生理數值都已經穩定，但膀胱裡還有幾顆較大的結石需要動手術取出。

「那就趕快進行手術啊！」家豪直覺反應，但是事情可沒這麼簡單，如珊打了許多通電話給聲稱「牠不是我的狗」的主人，那日之後一次也沒來看過牠的汪震武，但若不是沒人接、就是現場實在太吵雜，不確定他是否聽清楚如珊的說明——關於雪納瑞的病情、後續的處置、要簽手術同意書，更重要的是，要來付錢啊！一千塊很快就用完了，「這麼嚴重啊，死了就算了，反正牠不是我的狗。」如珊得到唯一一句清楚的回應。

「我怎麼這麼衰……」如珊撫摸著溫馴的雪納瑞，才相處兩天，牠就翻開肚子撒嬌，把頭枕到如珊的腳上，這、這……如珊悄悄打算模仿那張紙條上汪震武的簽名，還開始計算牠住院至今的醫藥費、加上手術費用，自己接下來幾個月如果省吃儉用的話，生活費應該……

「不行！」家豪極力反對，搖晃著如珊肩膀，狠狠把她拉回現實，畢竟家豪身為收養哈士奇的苦主，知道一旦開始養狗要付出多少時間精力，那可是條不歸路啊。而且重點是，「牠不是妳的狗，任何醫療程序都要經由牠的主人同意才行啊！想個實際可行的辦法吧！」

打電話不接，就去他家堵他。家豪陪著如珊找到紙條上留的地址，沒人在家。問了左鄰右舍，確定這就是汪震武的住處，還得到其他線索。原來這隻狗真的不是汪震武養的，是他女兒，出外念大學養了這隻狗，大學畢業後把狗跟其他物品搬回家，自己到另一個城市工作去了。在工地做粗工的汪震武早出晚歸，根本也不懂養狗，鄰居整天都聽到這隻狗關在家裡不甘寂寞的吠聲，還好，最近清靜了點。

「難怪他希望這隻狗死了算了」，如珊做出這樣的結論，「他一定不會來簽手術同意書，不會付醫藥費的。」

「可是也有鄰居說，汪先生就是刀子嘴豆腐心，他跟女兒的關係一直很疏遠，一直說要把狗丟掉又一直養著，也許是還想拉近跟女兒的距離。」家豪安慰如珊。

天都黑了，路燈亮了，兩人在汪震武家樓下一直等，等到家家戶戶的燈逐漸暗去，十點多還是沒有等到他。家豪把手術同意書夾在門縫裡，好讓他回家開門時一定會看到，如珊想了想把同意書拔出來，詳細寫了雪納瑞目前的狀況，還畫了牠翻開肚皮撒嬌的模樣。

剩下就是等。

如珊告訴雪納瑞，「我會陪你一起等」，覺得牠今天的精神似乎更糟了些。

而如珊沒有告訴誰的是，她還是用自己的生活費先墊了醫藥費。

野動實習結束了，大冠鷲野放的那一天還是沒有來臨。

如珊還是常往小動物住院病房跑，ＭＪ也是，他「花美男」的綽號已經被學長姐換為「求包養達人」，剛滿月的幼貓幼犬、生過幾胎的米克斯、繁殖場救出飽經風霜的母狗、罹患癌症缺一隻腳的老狗，ＭＪ都有辦法幫牠們找到好歸宿，如珊暗自在想，什麼時候該麻煩ＭＪ幫雪納瑞拍個影片。

例行牽著雪納瑞去散步，牠遲疑抗拒的步伐實在讓如珊沮喪，連冒出「沒有人要你的話，至少還有我要你」這個想法都覺得蠢，如珊再用力拖拉雪納瑞，才發現牠蹲在走廊上不走不是在耍賴，而是尿尿，整條走廊上連成一線的血尿軌跡，證明手術不能再拖了。

如珊先把雪納瑞綁一邊，沿路擦拭尿痕，卻已經有人拿拖把從另一端擦過來，那不是打掃阿姨，是阿凱學長。

「這是妳畫的嗎？」阿凱手裡拿著一張充滿摺痕的紙，那是一隻翻開肚皮撒嬌的雪納瑞。

那張紙的背面就是手術同意書，清清楚楚地簽了「汪震武」三個字，以及「謝謝，牠叫寶貝」。阿凱說這是昨天早上夾在大廳鐵門底下的，沒有署名要給誰，還好遇到狗本人，「因為妳畫得滿像的」。

「他簽了！他簽了！」如珊抱起雪納瑞又叫又跳，「原來你叫寶貝啊，你有名字，你有主人，你不是沒人要的！」興奮的如珊大大擁抱阿凱學長，然後拿了那張手術同意書要去找永潔學姐。

「永潔學姐在門診」，阿凱指指另一邊，如珊又哭又笑地跑往另一邊，蹦蹦跳跳地向他揮手告別，差點撞上迎面而來抱著貓的主人。

直到如珊消失在走廊盡頭，消失在阿凱的視線裡，他才發現自己的醫師服沾了雪納瑞的粉紅色血尿，在左胸口袋底下有些什麼，因為這個瘋瘋顛顛的可愛女生，而微微震動著。

7

承翰接到了野動科黑無常的貓頭鷹病例。

反正誰會對野動有興趣啊，只能說物以類聚，一個整天結屎臉、一個面癱，兩個冷冰冰的傢伙一起被打入冷宮好了，哼！可是怡敏心想：要比臭臉自己也不會輸給承翰，為什麼他有case我沒有？

家豪在小動物科接到母狗子宮蓄膿的病例。

反正家豪那麼蠢，只能說天公疼憨人，他就是得比別人多花好幾倍的時間準備報告，哼！這麼十拿九穩的病例他最後也會瀕臨搞砸，然後來求怡敏幫忙，可是怡敏心想：能多準備一天是一天，為什麼他早就拿到case我沒有？

如珊在病理科接到豬萎縮性鼻炎的病例。

反正如珊歇斯底里成不了什麼大事，最適合耐著性子掩著鼻子跟畜牧場主人溝通，然後被負責病理切片的難搞阿姨刁難，哼！這麼沒有挑戰性的常見病例，老師們要嘛就是不感興趣不發一語，要嘛就會追問細節把你電爆，總之，絕對不可能拿高分。可是怡敏心想：換成我，再怎麼艱澀的提問，也能觸類旁通、舉一反十，誰都會心服口服給我高分，為什麼我萬事具備只欠case？

還有MJ，MJ到底接到case了沒？他接到什麼病例？

怡敏幾次在閒聊中裝作不經意地隨口探問，MJ立刻以鄉土劇演員的表情與口吻，誇張地反問「什麼？那妳呢？」怡敏明明鎮定以對，MJ卻猜到真相，然後化身威漫裡的反派，唯恐天下不亂地說：「都快run完一輪，學期快結束了捏，嘖嘖嘖，要是再接不到case……」在浮誇的假笑中，按下毀滅世界的倒數計時器。

怡敏沒有輸過。

從未滿周歲的寶寶爬行比賽就一路領先，就算可有可無的國小潔牙比賽也不想落後，只要是有算分數的、不論是否自願參加、可稱之為比賽的，怡敏都不會輕易放過自己。更何況是大五最重要的seminar！

俗稱seminar的臨床病例報告討論，每週五早上在診斷中心大演講廳舉行，由每個大五實習生輪流，各報告一個臨床病例。底下是各科老師、研究生、住院醫師、主治醫師組成的軍團，戰力之懸殊，讓一個個實習生踏著風蕭蕭兮易水寒的悲壯步伐，站上臺只能自求多福。

怡敏是不會輸的，就算看起來落後（不，不准提這兩個字），也能在腦中擬出好幾種對策，視情況按步驟行動。

大動物室在醫院二樓，Jason師三年前才剛從德國拿到博士回來，就屈數來算比怡敏大不到十屆，刻意蓄了鬍子讓自己看起來老一點，言行舉止體態還殘留著青春氣息，以德國人鋼鐵般的紀律嚴謹思考，以擁抱世界的開放態度帶領學生，醫院同仁都故意跟著學生叫他Jason學長。

怡敏一進門，不叫老師也不叫學長，有說早安算客氣了，接著俐落打開筆電進行簡報。Jason師搖晃著早晨的咖啡，面對怡敏間不容緩、毫無打岔餘地的報告只能微笑，這個極富自信、氣勢逼人的推銷員，推銷的產品相當優秀——就是她自己。

「所以，一定要儘快，讓我在大動物科接到case。」所有的鋪陳只為了來到這句結論，Jason師耐心地等到怡敏全都說完了，溫暖笑著遞上一杯咖啡，請怡敏找地方坐下，然後拒絕她。

「首先，未來兩週是否有值得提報為臨床病例討論的case，這我無法預測，因此不能跟妳保證。假設有，大動物科的規定是依實際操作者的表現來發case，不是在這裡說了算。」Jason師不顧怡敏正要辯解，搶先往下說：「我唯一可以預告的是，實際現場操作，女生是比較吃虧的。大動物譬如牛、馬，體重動輒上百公斤，即使是進行基本的檢查也會耗去相當程度的體力，牧場看似風光旖旎，其實處處暗藏危險，在大動物獸醫的現場，以女生的身高、體重、力氣等客觀生理條件，先天上就是居於劣勢。再者，牧場裡的主人、工人也以男性居多，多半言行舉止比較粗獷，大部分的女生很難適應……」

「我可不是一般女生！」怡敏滿腔憤慨化作一句話嗆回去，Jason師再怎麼理性，不過就是認為女生不如男生、不適合當大動物獸醫嘛？士可殺、不可辱，而怡敏是既不可辱也激不得，她完全忘了走進來的目的，把備用戰略拋到一旁，大步走出大動物室，咬牙切齒地對自己發誓——「未來兩週，要讓他知道我的厲害！」

一陣秋雨一陣涼，小動物住院病房跟最近的天氣一樣冷清，永潔手上的一隻脛腓骨骨折的貓、一隻公狗結紮，預後都非常好都等著出院，就連院內全部大小流浪犬貓都被MJ送得一隻不剩，難得清閒的永潔心情等同放假，於是不去追究——MJ為什麼沒有說謝謝。

規定各住院醫師不可發case給他，他還是持續拍影片送養狗貓，還是自願來照顧住院動物，甚至比輪小動物科時更仔細、更溫柔、更樂在其中了，藏在這一切背後的動機到底是什麼呢？猜不透。

猜不透的ＭＪ，唯獨在永潔面前不苟言笑，當空間中只有他們兩人，連手上的狗貓都靜默，呼吸心跳都分明。

有規定就有例外，ＭＪ常常就是那個例外。

永潔自己發了一個「貓上呼吸道感染症候群」的case給ＭＪ，畢竟他照顧那批眼睛都睜不開的幼貓到斷奶，沒有功勞也有苦勞，這病例既常見又有延伸討論的空間，ＭＪ應該可以從中學習、自由發揮。「有問題可以來找我討論。」永潔說，ＭＪ點點頭，但ＭＪ沒有來找永潔，兩人之間的距離沒有改變絲毫。

fine啊，都沒有問題是不是？自己看著辦，永潔也不會主動去提點ＭＪ的。

他們現在輪的應該是大動物科，永潔很清楚，沒有出診的時候ＭＪ或家豪會來幫如珊照顧尿結石的雪納瑞，牠手術後恢復良好，腎功能指數、血檢的各數值都正常，昨天可以自己進食，今天甚至可以出去散步了。

ＭＪ邊餵雪納瑞邊哼歌，那是正流行的男女對唱情歌，ＭＪ哼得隨意、聲音忽大忽小，但歌詞清清楚楚自動冒上永潔腦海，酸酸甜甜，這首歌如果由ＭＪ唱出來一定很好聽吧？永潔這麼想的瞬間，閉上眼睛都能打的皮下針戳到自己的手，指尖被冷氣凍得沒有知覺，只看到一滴鮮血湧出。

沒事，沒事的，永潔隨手拿了一球乾棉花加壓止血，把手藏在身後，如此低級錯誤不可被誰看見，卻不知不覺轉進住院部，迎面看到MJ，只好對他說：「聯絡雪納瑞的主人，可以出院了。」

轉眼就要週末了，所有大動物是都一起約好不要生病嗎？怎麼一個出診的機會都沒有？怡敏翻出產科、牛病、馬病，連人畜共通傳染病都複習完一輪，好不容易等到一個例行性的檢查。

出診車先走上西濱公路，途中遠遠近近地看到風力發電的大風車，那是海的方向，牧場離海不遠，主人跟Jason師約的時間是下午，因為主人知道，Jason師愛吃的那家肉包下午才有開。

家豪跟MJ早就查好附近的美食地圖，買肉包的時候順手帶了蚵嗲、蚵仔煎、麵線、粉圓、豆花……這、這……作為下午茶會不會太豐盛了一點?! MJ指指身上還沒開工的工作服：「我們等一下是要賣力氣的，吃飽一點！」

停車時就聽到海浪聲，退潮的海水在沙灘刻下痕跡，像粼粼的水光波紋，像深深淺淺的腳印，一陣不是很強的浪襲來，大家驚呼尖叫跑給浪追，浪退去了，笑聲還在，一陣又一陣，一陣又一陣，像來自海平面的風，不必問為什麼。

大風車的葉片時快時慢，隨風轉啊轉，把承翰的思緒轉到遠方，越過地中海，來到歐洲，連綿草原隨著丘陵起伏，放牧的牛隻脖子繫著鈴鐺，那時承翰的工作很簡單——帶牛出去吃草、再帶牛回來。牛吃草很慢、走路也慢，牛鈴一步響一聲，規律地帶領承翰，讓他感到安心，就這樣和動物在一起，只要不必承擔牠的生老病死，不當獸醫，也許對承翰而言是最好的生活方式，對吧？承翰看著牛的大眼睛，牛不回應承翰而是仰頭看著天空，深長地「哞」了好遠的一聲，有沒有被理解，也不是那麼重要了。

迎面的海風可以聞到海水鹹味夾雜著蚵的腥味，配著手中的蚵嗲大口咬下，好幸福，被吹成一頭亂髮的如珊這麼覺得；原本堅持只吃一點點的怡敏，意外發現麵線超級好吃，譴責家豪為何不多買幾碗；ＭＪ怎麼能一手吃東西一手自拍美照同時回覆激烈湧入的留言，在他ＩＧ裡，ＭＪ的每張獨照都自帶明星濾鏡，跟每個人的合照都被秒讚，人帥真好，只要是ＭＪ發的動態就令人羨慕。

「吃飽了嗎？上工。」Jason師一上車就開啟工作模式，來到車程十分鐘以內的牧場。

牛隻運動場的泥土溼軟，一踩下去觸感奇異，要稍微用力一點才能把雨鞋拔出泥沼，大家互相扶持，走一步拔一步，ＭＪ大力踩了一下，一整坨泥巴往家豪飛，家豪閃得快，意外降落在怡敏的雨鞋上，「喂！噁不噁心啊，這裡面還有牛糞跟草耶！」白雨鞋一半染成墨綠色，怡敏正要抬腳反擊，MJ趕快解釋，「其實牛糞就是消化過的草而已嘛，聞起來一點都不臭，像不像媽媽早餐用果汁機打的那種養生精力湯、綠拿鐵？」嗯，真的很像，短期內不會想喝精力湯了。

承翰提醒，Jason師已經嚴峻地看往這裡不知多久了，大家才停止嬉鬧。這是大學生嗎？鬧起來跟小學生一樣幼稚，承翰心裡想，但一看到腳邊的牛糞也同樣想到精力湯的畫面，忍不住偷笑。

牛隻剛結束下午的榨乳，正從榨乳室排隊回來，方方厚實的身軀一個接一個，連接成一片彎曲移動的黑白城牆，太壯觀了吧！如珊像小孩逛遊樂園，興奮得又叫又跳，呼叫大家一起看，又是一番讚歎。

Jason師這次直接走到如珊身邊，訓斥她：「一、牧場是危險的，小心妳的每個步伐，自己負責自己的安全。二、過高或頻繁的音頻會讓牛驚慌，尤其妳對牠們而言是個外來者。三、妳是來工作，不是來玩的。」完全不是半小時前在海邊開朗隨和的Jason師，皮都給我繃緊起來！

運動場滿布泥濘，如珊一直低著頭慢慢走，她只是比較倒楣剛好被Jason師抓來開刀，玻璃心的如珊，該不會邊走邊哭吧？同為在小動物科走廊罰站的站友，家豪跟在如珊身後，想找機會安慰她。

一走上鋪有水泥的走道，笨手笨腳的如珊立刻在溼滑的地面重心不穩、尖叫出聲，眼看Jason師又要回過頭，家豪第一時間拉起如珊撐住她，自己的腳踝以某個奇怪的角度，穩穩地維持了兩個人的體重。

「沒事、沒事。」家豪向大家露出憨傻的笑容，一如往常令人安心。

穿著像吃手扒雞一樣的透明手套，但手套長長地從手指、手掌、手臂延伸到肩膀，Jason師把手放進乳牛的肛門，感覺到一些阻礙，掏出一手又一手的牛糞。差不多了，把整隻手臂帶著超音波探頭放進去，內部的狀況顯示在承翰手持的超音波螢幕上，Jason師另一隻手指著螢幕說明，現在這是左邊卵巢，我們可以看到這個是黃體，量一下大小……現在看右邊卵巢，這裡看不太到黃體，我找一下……

怡敏跟承翰還能跟上Jason師的討論，MJ、家豪與如珊則完全看不懂螢幕上的黑白畫面，畢竟要將乳牛體內的3D立體臟器形狀，轉化成螢幕上2D的畫面，實在需要相當程度的解剖與生理知識，再加上很多的想像力，大家只頻頻用眼神交換彼此的驚奇發現，偶爾乳牛感覺不舒服（畢竟莫名被塞入了異物），發出低沉的哞聲，腳不安地抬起要踢，Jason師會警覺地在第一時間閃開，圍在一旁的大家也識相地同時冷靜迅速後退，要是被那麼粗壯的牛腿踢到，誰都會震飛三尺吧。

「牛緊張不安的時候，我們可以輕輕拍牠的腹脅側，給牠一點安全感，或是發出規律、低沉的喔、喔、喔聲。」Jason師說。

腹脅部……這該如何下手？

大家共同選擇了後者，模仿Jason師的低頻，發出像夏夜青蛙叫的「喔、喔、喔」，很好，可以再大聲一點，這是目前唯一能幫上的忙，有人用胸腔、有人用口腔共鳴，「喔、喔、喔、喔、喔」，乳牛的腳不再躁動，整個穩定下來，就在青蛙合唱團歌聲包圍中，Jason師完成了直腸檢查。

結束後換工作服、工作鞋，家豪的動作就誇張的緩慢，上出診車後，MJ才發現家豪的腳踝腫得像一顆棒球，「趕快找便利商店買冰塊冰敷，是什麼時候扭傷的？」Jason師問，家豪搔搔頭說忘記了。

如珊只能頻頻道歉，眼看著回到醫院的家豪，腳踝已經腫成壘球大小、舉步維艱，如珊與MJ一人一邊充當拐杖，但是身高落差懸殊、一快一慢，笨手笨腳的如珊以超不協調的姿勢，把家豪扶得險象環生，家豪痛到眼淚在眼眶打轉還說「沒事、沒事」，MJ快被打敗了，叫如珊別當豬隊友，打發她去收拾出診用具，自己揪承翰帶家豪去急診。

大動物科果然很耗體力啊，才出診半天如珊就快虛脫了，洗好收好用具上二樓大動物室，痠痛的腳跨出每一步都在責怪自己，現場學得慢、反應慢、像個笨蛋、還連累家豪……來回搬到最後一趟，內心責怪的對象轉為醫院為什麼不裝電梯，抱著一大籃比自己高的臭衣服，樓梯爬到一半洗衣籃突然變輕了，難道是，怡敏良心發現回來幫忙收拾？

「需要幫忙的話就叫我一聲。」他說。只有家豪會對如珊這麼說，但這不是家豪。

他配合著如珊的腳步，隔著臭衣服如珊可以看到他的腳，是他嗎？是他吧，心裡多麼希望就是他，最想見到的……來到洗衣間謎底揭曉，是阿凱學長！

「去乳牛場喔？聞得出來。」阿凱說。

沒有提到大冠鷲野放的事，彷彿之前的深談與約定，就像這次的閒聊一樣偶然與隨機。

「嗯，學做直腸檢查，真的是整隻手伸進去耶，放在裡面很溫暖，還有，我同學說牛糞像精力湯，哈哈！」如珊儘量挑有趣的部分講，但阿凱沒有跟著笑，衣服都丟進去、洗衣機也開始運作了，如珊想不出任何話題了。

「學妹妳吃飯了沒？」

「還沒」。就算剛吃飽如珊也會回答沒有。

「要一起去吃嗎？這麼晚，可能只有夜市……」好啊！吃什麼都好。

自從那天跟阿勇分手後，如珊就沒再踏進夜市了，一個人實在難以面對那場景，但，如果今晚不是一個人……

如珊戴好自己的安全帽，跨上阿凱的摩托車，手該放哪裡好？

阿凱一發動，手機就急急響起。是小佩學姐，住院的老馬爾濟斯癲癇發作，問阿凱人在哪？「好，我馬上回去。」阿凱擠出無奈的微笑，如珊也擠出微笑說：「沒關係。」

阿凱走了幾步，又回頭叫如珊：「妳手機幾號？」如珊報上號碼，手機立刻響了，「我打的，這樣妳就有我的號碼了。」阿凱揮揮手轉身快跑。

如珊看著手機裡來電顯示的號碼，覺得今天是幸運的一天。

打了幾次，電話沒有接。要有耐心，他很忙，美好的事情值得等待。

在雪納瑞可以準備出院的第三天，主人汪震武終於接電話了，他請如珊多等他半小時，下工過去會遲一點。

汪震武一樣全身灰撲撲的，帶著工地的塵泥與疲憊、憔悴的白髮和彎著的背，在教學醫院大廳四處張望，問如珊：「我的狗呢？」

雪納瑞跑到汪震武腳邊嗅聞，熱情地向他又撲又跳，如珊抱起牠交給主人，汪震伍接過愣了一下，把這隻狗前前後後、從頭到腳仔細看了好幾回。

「這……這是我的狗嗎？我從沒看過牠這個樣子。」汪震武難以置信地笑了，摸摸雪納瑞蓬鬆柔軟的毛，「真是的，其實你還滿可愛的嘛，眼睛挺大的，難怪我女兒會叫你『寶貝』。」

汪震武一定很寶貝他的女兒吧，如珊這麼想，而這個女兒一定很少回家，沒有人幫雪納瑞洗澡、清理耳朵，任毛髮糾結得像一團髒黑的抹布，也沒人在意牠憋尿、排尿困難的問題。

如珊仔細說明出院後的衛教，要增加飲水量，多帶牠出門散步、上廁所，不要憋尿。汪震武直接搖搖手說：「不可能！我還要工作呢，哪有這個時間。」

不然是會復發的，這個品種、這個疾病，如果生活習慣不改善一定會復發的！如珊、家豪諄諄叮嚀到門口，汪震武最後還是落下那句：「要還有下次啊，死掉算了。」踩下小貨卡油門離去。

還能做什麼呢？

如珊看著家豪，想想過去這一週，把雪納瑞從險境救回來，是為了什麼呢？

🐾

清晨四點，教學醫院門口集合出診，逾時不候。

這表示大家至少要在清晨三點五十整理好出診設備，搬下樓放上出診車。這是為了配合乳牛榨乳的時間，「十隻乳牛裡八隻有乳房炎」這句話給怡敏極大的鼓舞，叫醒怡敏的不是鬧鐘，而是今天將會接到的case！（她昨晚真的有睡覺嗎？）乳房炎，我來了！

Jason師體諒家豪腳傷准他請病假，他還是拄著拐杖來了，「看能幫上什麼忙」，家豪怕自己的缺席讓同組同學太累，但事實上，在現場拄著拐杖的人能幫什麼忙呢？

MJ在最後一秒滑壘抵達，用來遮蓋亂髮與血絲眼的帽T與墨鏡，讓他像個刻意低調的明星，有了這兩樣道具，MJ在座位低下頭進入休眠姿勢，接續十幾分鐘前被中斷的睡眠。

如珊一上車東翻西找，沒找到手機，一定是匆忙間忘記帶了，要是手機響起，要是螢幕的來電顯示再度出現那個期待的號碼，而沒有第一時間接起來回應……一想到這個遺憾，如珊整天心神不寧。

抵達牧場接近五點，天還沒亮，寒風中的實習生們縮著脖子脫去厚重外套、換雨鞋，拿器械像碰到冰塊。工作人員已經忙到全身汗了，清晨薄霧中的榨乳室因為溫暖而冒著煙，透亮的燈光，把排隊的牛隻和忙碌的工作人員襯成一幅剪影，像卡通《小英的故事》裡的畫面，但現在可沒有閒情逸致欣賞，因為Jason師徵得主人同意，讓大家進去練習榨乳了。

「像這樣，你看手順順地往下，乳汁就出來，不必太用力。」牧場老闆娘手勢相當熟練，咻咻咻，噴射出來的乳汁很快裝滿一桶，「好，換你們。」

如珊擠不出乳也就算了，蹲得腳很痠，一站起來就把老闆娘擠的整桶牛奶弄翻了；MJ很快上手還能左右開弓，但擠不到半桶就覺得手痠到快廢了；早就有經驗的承翰動作最漂亮，迅速確實之外還能注意保持衛生；怡敏用右手擠不出來，換左手也擠不出來，換了幾個姿勢蹲都不順手，最後以一副「我跟你拚了」

的氣勢蹲好馬步，準備對決，老闆娘眼看怡敏眼神露出要取乳牛性命的狠勁，趕快過來說：「時間差不多了，今天就到這邊。」

家豪的腳腫到連雨鞋都塞不下，無法進入溼滑的榨乳室，就站在門口跟工作人員聊天，這麼碰巧，與家豪攀談的這位工作人員正好是牧場主人的兒子，同為牧場接班人，同樣在父親期待下念了相關科系，接受整套專業訓練後，回到家中牧場卻施展不開，新舊觀念技術的相悖，價值觀的隔閡，導致與父親的衝突日益緊張。

在他身上，家豪彷彿看到畢業後的自己，兩人聊到一見如故，還互相交換了Line。

離開這家牧場的時候天完全亮了，天空的厚重灰雲沒有層次，這是個陰天，偶爾太陽從縫隙露臉，灑下的光線與熱度會讓人想伸手去擁抱這溫暖，而這片刻可遇不可求，很快又被雲層遮住了。

出診車來到市區，正好遇到上學上班的尖峰時段，車子走走停停，ＭＪ換了姿勢繼續睡，像時尚雜誌照片裡不看鏡頭，閉眼陶醉或沉思的模特兒；家豪隱隱感覺腳踝的腫脹，剛才實在不該逞強一直站著；如珊並不覺得累，但眼前視線逐漸模糊、終至全黑，撞到前面椅子或隔壁的承翰才猛然醒來。

Jason師看看眼前的車陣，又看看錶，沒有把焦急煩躁寫在臉上。坐在副駕駛座的怡敏火力全開，與Jason師討論畜牧場資料、病史、用藥紀錄，近期附近地區乳房炎與季節或氣候的關連，以及該場飼養管理的特性等等，彷彿下車前就可以把這個case組織完畢結案。

Jason師溫和地對一臺違規插隊的計程車按下喇叭，告訴怡敏這個乳房炎的病例上個月已經發給其他同學了，今天只是後續追蹤而已。

什麼?!什麼什麼什麼?!車上瞬間清靜，怡敏閉嘴了，但是沒有放棄，緊緊咬著下嘴唇鎖定下一個病例。

抵達第二個牧場時已超出約定時間，主人為大家準備的早餐都涼了，為了不造成主人的困擾，Jason師兩三口把早餐扒完，實習生們就算還在暈車或恍神也明白該儘速吃完，並且記得說謝謝。

「等等要進行手術，誰要當助手？」怡敏舉手，同時吞下滿口食物。

「請說明什麼是第四胃異位？」教科書上畫過的重點在怡敏腦中飛快複習，「這是產後乳牛很常見的代謝疾病，臨床症狀是食慾不振、泌乳量下降，因脫水而眼球凹陷，因腹部疼痛而長期消化障礙，逐漸營養不良，體型消瘦，如果是第四胃左側異位且極度膨脹，左側肋部和下腹部可以看到明顯突出。」

「怎麼確診呢？」Jason師又問。「ping test，在左側第十一—十三肋間上三分之一處，聽診有金屬音，但在肋骨弓內側第一胃音完全消失。」怡敏流暢地講述重點，同時以聽診器在牛身上試著證實。

家豪、如珊此時完全醒來，而且打從心裡讚佩，自己從沒弄懂過的、只在書上看過的這些，怡敏怎麼第一次實作就上手？

她一定事先在筆記上腦袋裡演練過許多次，承翰這麼想，開始覺得這個討人厭的女生有點有趣了。

Jason師點點頭，既是讚許也是同意，接下來由怡敏擔任手術助手。

Jason師補充說明，初期可以先使用非侵入性的牛體迴轉法，就是把牛放在地上轉，看能不能藉由體位改變與外力壓迫，讓第四胃回到原本的位置。MJ看眼前這頭牛雖然纖瘦，但骨架體積也相當於一臺小汽車，光想像把牠放倒、推壓牠的肚子，應該比鬥牛還累、會忙到全身大汗吧，還好，這頭牛前兩週試過迴轉法無效，今日直接手術。

承翰在右腹脇壁剃出一大片正方形的術區、消毒，如珊準備器械、協助怡敏換上刷手服、刷手、戴手套，MJ依Jason師指令安置好點滴輸液。手術開始。

Jason師劃下第一刀，有時講解、有時專注處理眼前狀況，更多時候是在提醒怡敏：「妳是助手、不是主刀者，要想辦法協助主刀者更方便進行，術區視野更清楚。」許久之後承翰都還記得這些話，正是助手的真諦。

怡敏點點頭，髮際冒出的汗水溽溼口罩，大口喘著氣要自己撐下去，短袖下露出的手臂布滿雞皮疙瘩，止不住發抖，因為寒冷，因為吃力，怡敏改蹲弓箭步，用全身的力量去支撐，臉幾乎快貼上術區，迎著牛蒸騰的體溫與體味，腦中突然出現一碗冒煙的牛肉麵才知道自己餓了，肚子咕嚕了很大一聲，誰都聽到了，但沒人有空理。

家豪已經放棄礙事的拐杖，忽略關節深處的隱隱作痛，他實在無法只站在一旁看大家而不幫忙。注意點滴流速、注意牛的呼吸心跳，驅趕惱人的蚊蟲，為老師與怡敏遞器械、擦汗，找空檔餵他們喝一杯溫水。

家豪還是不懂什麼是第四胃異位，也根本看不到手術進行到哪了，只看得到背影。Jason師已經不講解了，似乎狀況有些棘手，這沉默的背影，讓家豪想起爸爸，不擅長講話，一開口就好像要罵人的爸爸，一個人從早到晚面對畜牧場裡的大小事，要有多強大才能支撐住呢？也難怪那背影看起來硬得像銅牆鐵壁，跟畜牧場裡其他設施一樣，耗損得有點舊了。

「大五結束就回家幫忙吧」，不管能否順利完成實習、能不能畢業，家豪就此決定，因為到任何畜牧場出診都會想到爸爸，以及，自己為什麼會站在這裡。

手術結束時已經是下午兩點，主刀者與助手換下的刷手服溼得可以擰出水來，**Jason**師婉謝了主人提供的午餐，在一旁的水泥地坐下來休息，做些伸展動作。從清晨到現在工作超過十個小時，已經非常累了，但還要趕去第三場，**Jason**師問現場誰會開手排車？

還好家豪搶先了，怡敏直覺舉手但想到自己根本沒有駕照，全身都還在顫抖，因為第一次擔任助手，因為順利完成手術，因為這個case一定非我莫屬，在怡敏超高速講話中，如珊發現她嘴唇發紫、牙齒也喀喀作響，趕快幫她穿上厚外套與圍巾，怡敏接連打了好幾個噴嚏，依然亢奮地講個不停。

第三個畜牧場在山區，太陽終於出來了，家豪從後照鏡看到一張張酣睡的臉，都被照得暖洋洋的，連副駕駛座的Jason師都發出微微的鼾聲，車內還留著早上牧場的味道，晒著午後陽光混合成一種甜甜的、陌生又熟悉的、很接近幸福的氣味。家豪拍拍自己臉頰打起精神，閃躲在某些轉彎斜閃進眼裡的光線與對面來車，注意保持平穩不要晃醒大家，幾度導航收不到訊號，家豪就自己猜，直到抵達目的地，才把大家叫醒。

好豪華啊！這是個會員制的高級馬術俱樂部，跟同一財團經營的高爾夫球場各踞山頭兩側，光是居高俯瞰的風景，就會讓人產生自己高人一等、不屬於山下芸芸眾生的錯覺，在停車場一輛比一輛奢華的頂級名車之間，停了一臺側邊寫著教學醫院的出診車，實屬異類。

換好工作服的大家，經過上流的宴會廳、氣派的運動場，來到陰暗的馬廄。

才不到二十匹馬，氣味卻比早上兩百頭牛的牧場還要難以忍受，鐵皮屋角落結著蜘蛛網，暗處悄悄移動著蟑螂老鼠與看不清楚的蟲，一隻未成年的小白馬踩在自己與成馬的糞堆裡，四條腿染成棕綠色，相較之下，學校裡經費拮据的小小馬舍可算是天堂。

Jason 師只能搖頭，對硬體環境與飼養管理的建議不知提了幾次，場方就是不願正視，對於消費者看不到看不懂的地方，多投資一點點都不值得，在狀況差到足以影響動物的「賣相」之前，痛苦只能由動物自己承受。

怡敏一走進來就碎碎念個不停，救命我要逃走了太噁心了我要吐了我真的要吐了……但一看到 Jason 師拿出傳說中的修蹄用具，這千載難逢的機會怎能錯過，怡敏還是第一個舉手自願擔任助理。

承翰原本也想舉手的，在德國的牧場裡跟馬相處了三個月，如果狗是「陪伴」，那麼馬就是「同在」，牠們既敏感又神經質，雙眼深邃且有靈性，承翰可以感覺彼此的磁場調整在同一個頻率上，在馬背上快跑奔馳時激昂、慢步繞圈時悠閒、看著牠咀嚼草料精料時滿足、為牠梳毛時平靜。

承翰被牠們療癒了許多，自然也想多學一些來回饋牠們，尤其回臺灣後幾乎沒有機會看到現場削蹄。但還是維持一貫的低調，把機會讓給怡敏，承翰想看看這個女生對馬懂多少？她體力與技術的極限在哪？一天之內出診第三場還能有什麼表現？

Jason師輕輕撫摸馬、跟牠說說話，自己披上皮製圍裙，用小搥子敲敲四隻蹄的邊緣，心理大概有個底，站好位置，兩三下就把馬蹄夾在自己雙腿間，左手翻起馬蹄扶好，右手揮舞削蹄刀，開始削蹄。

助手怡敏被指示站在一個不會礙事的距離外，Jason師時而像削甘蔗一樣大動作、加上搥子用力敲、換成電動砂輪機打磨，時而像修指甲一樣精雕細琢，助手要隨時聽令遞上適合的刀具與器械，精準配合Jason師進行的節奏，這挑戰讓怡敏全神貫注、腎上腺素大噴發。對怡敏而言最可怕的不是在刀光劍影間求生存，而是那些大大小小的蹄屑，又臭又髒又不規則的飛濺，幾次怡敏閃避不及，直接迎面貼在臉上，雙手又沒有空檔可揮除，太噁心了、太噁心了，怡敏試著屏住呼吸但是噁心感滿溢到頭頂，眼前一片黑……

砰！怡敏昏倒了。

8

擁擠忙碌的急診室，幾個穿著工作服、全身沾滿不知道是草還是泥土還是什麼的人圍在一張病床旁，等待昏倒的人醒來，討論著人醫體系的動線、流程、用藥差別，會使用「人醫」這個名詞的，大概只有獸醫了。

還沒當上獸醫的這幾個人很難不引人側目，正確地說是惹人嫌惡，因為太臭了，最臭的來源是躺在急診病床上的怡敏。終於等到床位，大家把怡敏推到留觀病房，拉上布簾不留一絲縫隙，雖然看不見可是味道依舊存在，整個急診室的人仍時不時地搜索臭味來源。

怡敏已經睜開眼睛，說話的速度還跟不上腦袋運轉的速度，於是顯得有些口吃，一貫的咄咄逼人因而少了十％的氣勢，她問大家：「這是怎麼回事？」

「醫生說妳主要是因為血糖過低，姿勢性低血壓，再加上睡眠不足、溫度改變、味道的刺激，或是空間裡氧氣濃度過少，都可能造成暫時昏迷，心電圖初步看來還算正常，但是建議妳排一天來做完整的心臟檢查。」承翰轉述醫生說的話，最後加上主觀的臆測，「妳是不是沒吃早餐？」

怡敏這才想到，從清晨四點開始這漫長的一天，最後躺在急診室，頭髮還沾有消化過沒消化的稻草飼料，為的全都是——seminar！

「我接到case了，那個第四胃異位的case是我的對吧？誰都不准跟我搶，Jason師有答應要給我，我還當了手術助手，對不對？」怡敏急急向大家確認，這些不是夢境，而是真真實實地發生過，這樣才能閉上眼睛含笑九泉……不，是終於願意休息一下。

對！這就是怡敏，再怎麼虛弱也不忘計較成績，為了分數赴湯蹈火在所不辭，在怡敏與第一名之間容不下任何阻礙！家豪、MJ都鬆了一口氣，怡敏恢復正常了，很好。於是開始你一句我一句地報導事發現場。

「Jason師請妳先扶著蹄不要動，準備要清創……」

「蹄就正對妳的臉，裡面的血啊、化膿啊、還沒清乾淨的草屑、飼料屑、泥土……」怡敏腦袋一冒出這畫面，全身還是噁心地起了一陣寒顫，天花板上的燈又要開始旋轉。

「好好好，這些先跳過，不重要」，怡敏阻止兩人，「後來呢？」

「妳倒下去太大聲，馬被妳嚇到，達達的馬蹄落在妳身上，不只那隻前腳，還有其他三隻腳也來踩踏妳，唉唷、唉唷，超慘的，我們在旁邊看了於心不忍也無能為力……」MJ描述的血腥悲慘災難片，怡敏一聽就知道是騙人的，真的被馬踩到哪還能躺在這邊說話。

「好險承翰跟Jason師立刻把馬控制住，差一點點就踩到妳了，可是我跟家豪動作慢，沒有立刻把妳扶住，讓妳直接跌下去還撞到……那個……」如珊猶豫不知道該不該說下去。

「旁邊的護欄，所以妳頭腫了一大包，醫生說會影響智商。」MJ說完，怡敏反射性地摸摸自己的頭，沒有摸到腫塊，才知道又被騙了。

「是……是撞到……那匹馬的……排泄物。」如珊斟酌了許久才說出這個詞，同時補充：「但是是剛拉出來的，很新鮮，不像旁邊堆積很多的大便那麼臭。」這樣有比較好嗎？要不是雙腳還沒力站起來，怡敏就算推著點滴也要立刻衝去浴室洗乾淨。

「怎麼沒看到Jason師，還有那匹馬呢？我看牠蹄的狀況那麼噁心，一定要處理很久，不知道後來怎麼樣了。」怡敏竟然會關心除了自己以外的人，甚至開始關心馬?!

家豪懷疑她可能真的有撞到頭。承翰則是覺得，這個女生其實不像她外表看起來那麼討厭。

「老師一個人留下來善後，叫我們先送妳來醫院，對了，剛剛Jason師在電話裡要妳回去以後一定要吃飯跟睡覺，多保重。」MJ說：「可是不要吃太多，因為妳真的很重，搬不動。」如果沒有加上最後這句，就不是ＭＪ了。

怡敏本來想向家豪道謝，但看到家豪的腳還是腫的，不可能是他，那麼難道……其實口賤心善的ＭＪ救了自己？「我本來就沒很瘦啊，到底是誰背我的？」

「我……出動了吊車才勉強把妳移動到擔架上。」欠揍的ＭＪ，怡敏發現自己誤會了，一定不是他。

「是我。」承翰說。

怡敏看著承翰工作服上草綠色、咖啡色的痕跡，想像他是如何把自己從一灘爛泥中撿拾搬運……為什麼是他呢，這個討人厭的學長。怡敏突然覺得臉好熱、好燙，完全不敢看承翰的臉，只好用被子把自己遮起來假裝休息。

🐾

這並不是怡敏第一次有感覺。

刺耳的救護車鳴笛聲，擔架放上救護車，怡敏一度恢復意識，雖然整個身體都還軟綿綿無法睜開眼睛，但是可以感覺到，握著自己手的是如珊，身上從頭到腳蓋的好幾件外套應該是大家貢獻的，一直講話還自拍的是ＭＪ，提醒救護員要注意這個那個、重述事發狀況的聲音是承翰。那麼家豪呢？家豪在嗎？

怡敏突然又天旋地轉，整個身體往下墜入無底深淵，從古至今與家豪的相處無憑無據不依邏輯地串成跑馬燈，非要以這樣的視角才能看清楚，家豪的雙眼始終看著的是——自己身旁的如珊。

喔，原來，這並不是巧合每一次分組都同組，但家豪只把自己當成朋友而已，普通朋友，比普通再好一點的朋友，可以借他筆記、幫他補習，互相利用的朋友……想通的瞬間怡敏感覺輕飄飄的，有點痛苦但必須接受，應該可以接受的，沒有那麼難，沒有什麼可以擊敗我，怡敏第一次承認，有些事情是努力也沒有用的，放過自己，再次沉沉睡去。

自那天之後，如珊的世界已經不一樣了。

工作服同樣又髒又臭又重又擋住視線，到樓上洗衣間同樣沒有電梯，可是如珊再也不是那個被阿勇甩掉、在夜市裡大哭還急急擦掉眼淚的可憐蟲了。在這間醫院裡或醫院外，阿凱學長隨時會出現，為了這個，如珊隨時要把自己準備好，不要再當那個活該得不到幸福、動不動就痛恨自己的笨蛋囉，都已經握有阿凱學長的手機號碼囉，還加了Line好友也互傳了可以解釋成任何意義的貼圖，「我是全世界最幸運的人」，如珊這麼告訴自己，甚至在這漫長的難熬的一整天出診之後，回到宿舍與自己的手機重逢，真真切切地看到螢幕上出現：「阿凱學長」未接來電，兩通！

一定要好好準備才行，才能回撥這通電話，對學長說：「好了，我們一起去吃飯吧！」不必焚香齋戒精心打扮，至少也要先把全身的臭味洗掉，只是……為什麼找不到一件乾淨的衣服可以穿?!這整週出診、去住院病房顧狗、查seminar資料，待洗的衣服堆到滿出來，而洗好的衣服……如珊這才想到，還在宿舍頂樓忘了收下來，都多久了。

風好大，還留在頂樓的每件衣服都像風箏一樣，被陣陣狂風吹得鼓鼓的，風一停就洩氣地擺向另一邊，天空還留有一點點晚霞，只是被遠方的大樓遮住只看到一半，狂風又起，如珊的頭髮飄散擾亂視線，她突然覺得這景色好美，更遠處暗藍色的天空一點一滴吞沒晚霞，街燈已經亮起，天空很快就會全黑，跟昨天前天或每一個平常的黑夜一樣，彷彿這奇幻的晚霞若不記下來，此刻特別的心情也不曾存在過。

不行，現在就立刻回電話給阿凱學長，約吃飯的時間地點，一定要現在。

打第一通，沒接。這是預料之內，不要氣餒，再打。

打第二通，又沒接。也是正常，但還要打嗎？還是傳訊息就好？也許阿凱學長正在忙，這頻頻催促的來電或訊息會不會造成反感？

給他一點時間。如珊收衣服，與強風拉扯中把衣服從衣架拔下來，衣服疊在左手衣架收在右手，全都收完了，頂樓空蕩蕩的，再打一次吧，最後一次。

嘟聲響了兩聲，如珊正反悔要掛斷時就被接起來了。

「喂？」如珊像做錯事的小孩不敢出聲，因為，電話那頭是女生的聲音。

「喂？請問是哪位？」如珊想說我打錯了，但不可能撥錯，這確實是阿凱學長的電話。

「阿凱現在在騎車喔，不方便接電話，你哪邊找？我晚一點再請他回電話給你好嗎？」喔，原來如此，這是小佩學姐的聲音，如珊很確定。

學長的機車後座，唯一的那個位置是屬於小佩學姐的，早該知道的，如珊怎麼會不懂呢？只是不想承認而已。所以阿凱學長沒有把自己的電話輸入通訊錄，螢幕上顯示的是陌生的未知來電。

天已經全黑了，那兩通未接來電與自己的反覆預演，像不復存在的晚霞。

風又吹起，吹走一隻沒抓好的襪子，為了撿這隻襪子掉了一件牛仔褲，一轉頭撿另一件上衣被吹走，一件又一件飄在空中掉在地上，笨拙的如珊追不上，還在白襯衫上踩出一個腳印，這狼狽又愚蠢的樣子，依然是在夜市被拋棄的同一個可憐蟲。哈、哈、哈哈，這次她沒有哭反而笑了，誤以為世界會發生什麼改變的自己，真可笑。

🐾

這個城市對殘障人士實在太不友善了，家豪才拄了幾天拐杖就深刻體會，就以他最常出沒的地點來說，教學醫院處處都是障礙空間，而家裡根本連移動都困難，因為目前整個家都變成哈士奇——大胖的地盤。

大胖到底是誰的狗？就像誰先愛上誰一樣，即使舉證歷歷，還是一宗難分難解的懸案。最初是ＭＪ開門讓牠進到這個家的（雖然ＭＪ死不承認還說忘了），家豪在玄關與廚房張羅了食物跟床鋪，ＭＪ心情好的時候會幫牠洗澡，在小動物科實習才第一次知道狗的腎臟不能負擔太多鹽，有些人的食物要是狗吃了會中毒的，咦？這不是常識嗎？獸醫系學生還不懂？是的，獸醫系學生不懂的可多了。

於是ＭＪ掏錢幫牠買了專用飼料，一天兩次定時定量，只是牠永遠都會在飼料桶旁徘徊，露出一副很餓的樣子，讓ＭＪ以為家豪還沒餵，讓家豪以為ＭＪ還沒餵，或者兩個人都忘了自己到底餵了沒，所以再餵了一次，於是牠一天吃了至少四次。

以這樣的餵養速度，一天一天地從略瘦餵成有點胖，有點胖變成小胖，小胖變成大胖，某一天家豪開門回家接受牠飛奔的熱情迎接，承受不住被撲倒，才得到了「大胖」這個名字。

這是大胖的生命中第一次出現「主人」這種生物嗎？牠對家豪與MJ的熱愛就像對食物一樣，沒有誰多誰少、難分軒輊，像永遠吃不飽一樣從不停歇。

家豪的成長記憶裡沒有缺少過狗，有一種是繫在畜牧場、家門口的，固定餵剩飯剩菜給牠吃，說是狗更類似門鈴與警衛般的存在；或是另外一種根本不繫、只是偶爾餵養、有固定領域的半野生動物，誰也不互相屬於，一陣子見不到這隻狗也許會掛心，但就這樣吧，總會有新的狗來替補。

當家豪遇上大胖，這隻實在很煩的狗，總是在腳邊跟前跟後意圖把人絆倒，坐在沙發上時牠會窩在旁邊；坐在書桌前牠頭的高度剛好放在大腿上，一臉憨傻無辜，像是在問「這樣撒嬌錯了嗎？」躺在床上牠就過來窩到腳邊，以為自己是暖爐（還是牠把人類當暖爐），這就是寵物嗎？

家豪覺得自己的一部分被牠占據了，相處的時候像兄弟，沒見面的時候會想知道牠好不好，如果一定要舉個例子，大概類似如珊吧，不，更接近怡敏，或MJ那樣的好朋友。這絕對不是說如珊長得像哈士奇，或暗指MJ的食量太大，不擅長講話的家豪還是閉嘴的好。

繼拍影片送狗之後，ＭＪ蔚為流傳的才藝是，教老狗學新把戲。

小佩學姐說，大胖的牙齒看起來至少七八歲了，但牠一切幼稚的表現跟牠的臉（像家豪，人笨看臉就知道）還是像隻小狗，或至少是隻三四歲的成犬，在食物的引誘下，ＭＪ教會牠丟接球。僅限球狀物，飛盤太困難了，大胖接不到也就算了還常常被砸中腦袋，要是掉在草堆裡則會找不到，ＭＪ懷疑大胖的眼睛是裝飾用的。

丟出去、撿回來，可以得到一小塊食物作為獎賞。重複幾次以後，大胖可以在空中接住球，球被牠含得整個溼溼的都是口水，越丟越遠、越跑越遠，跑得氣喘吁吁大胖還要求再丟一次，到後來已經不需要食物作為獎賞了，這遊戲本身帶來的樂趣就是獎賞，對大胖、對ＭＪ都是。

這是第一次，在ＭＪ的人生中，感覺另一個生命與自己同等重要。

因為紛飛在空中的狗毛而過敏加劇，戴著口罩還是止不住噴嚏與鼻塞，像個無可救藥的重症患者的ＭＪ，漸漸可以面對甚至親吻滿臉口水的大胖了，漸漸習慣生活中有大胖，終於，看到任何狗貓都會想到大胖的眼神，而不再是那不可告人的祕密——小巴戈寶可夢。

有什麼不同嗎？巴戈與哈士奇，寶可夢與大胖，跟那許多許多還沒有主人愛的狗貓有什麼差別呢？ＭＪ拍的影片，已經替那些流浪狗貓一一找到好歸宿，收到許多發自內心的感謝，但那還不夠，比起曾經從手中消失的生命，遠遠不夠。

不知道從什麼時候開始，ＭＪ會默默出現在永潔學姐的診間，看著動物被她的雙手拯救，彷彿被治癒的是自己，是的，ＭＪ已經不再強迫自己洗手了，雖然ＭＪ的這雙手還沒有從死神手中挽回任何一個生命，一個，只要能救回一個生命就能扯平，互不相欠，ＭＪ看著永潔學姐帶著聽診器的側臉，期待這一天來臨。

幸福快樂的日子並不太長久，大胖每天萬般不捨地送主人出門，歡歡喜喜地迎接主人回家，大胖雖然看不懂時鐘，也能夠察覺家豪與ＭＪ出門的時間越來越早，回家的時間越來越晚，窗外從亮到暗，都只有自己在家。

大胖還在街頭流浪的時候飽受風吹日晒雨淋，本能驅策牠去覓食，永遠為了下一頓在奔波，可是，現在活動空間只有這小小公寓，碗裡總是會自己冒出飼料來，從這裡走到那裡、又從那裡走到這裡，好久沒有出門去跑步兜風，好久沒有訓練主人丟球，這樣主人不會覺得很無聊嗎？會不會忘記怎麼玩呢？

像被囚禁在家的大胖，把自己的四隻腳舔咬得又溼又癢還不夠，還抓沙發、抓門、抓櫃子與抱枕，跟各種家具玩牠自己發明的遊戲（還是主人比較好玩），主人規定的陽臺尿尿區都氾濫成災了，大胖不想弄髒自己的腳，所以四處開發新的尿尿區。喔，這區的味道還不錯喔，哇！這個櫃子裡面全都是食物耶，家豪都吃這個我也要吃，大胖吃得肚子很撐但隨即又腹痛拉肚子，且並不知道尾巴沾到自己的大便，然後跳到MJ床上重溫與他共枕的愉快時光。

於是在seminar報告前的地獄週，在高度時間與精神壓力下的家豪與MJ，每天回家一打開門，眼前就是這樣的慘況，整個公寓像被轟炸過一樣，兩人僅存的一絲絲理智也隨即斷線，責怪對方為什麼沒有把狗教好、為什麼讓牠有機會搞破壞、誰該為大胖負責……種種繁瑣的家務爭吵清官難斷，而且當然不會有結論，只是更消耗時間體力而已，罵大胖更是無濟於事，牠根本聽不懂還以為你在跟牠玩。

好吧，我投降。

傷殘人士家豪清理到厭世只好與髒亂共存，屎尿味聞久就習慣還帶著實習現場的親切感，只是在這樣的環境裡，就算灌了蠻牛加咖啡、定了好幾個鬧鐘、擰自己大腿又沖冷水澡，家豪還是不敵原文書的催眠，一不小心睡倒醒來就是好幾個小時之後，睡到日夜難分天昏地暗。

ＭＪ回家只匆匆盥洗換衣服，就又躲到圖書館或哪裡沒日沒夜地Ｋ書準備seminar，畢竟是上臺報告啊，整個實習生活最接近舞臺的時刻，精心設計內容、計較字型與呈現節奏、演練開場與結尾，甚至預設提問的解答，為表演而生的ＭＪ不會讓觀眾失望。

經濟動物的case一定要跑病理室，怎麼樣都避不開負責病理切片第一，且是唯一一把交椅——素英姐。應該是叫阿姨的年紀，所有老師學生還是親暱地稱呼她為素英姐，就是為了討她歡心，希望緩解她暴躁易怒的症頭，讓大家日子都好過一點。

即使是明文規定的上班時間，如珊來到素英姐門前還是不敢敲門，太早或太晚敲門、敲得太大力或太小聲、打電話響得太久或不夠久都會打擾到她，進門去不小心咳嗽、打噴嚏，甚至吞口水揉眼睛等小動作，也會踩到地雷，每個承受過素英姐發飆或掃到颱風尾的人都諄諄教誨、彼此提醒，但，不這樣的話要怎麼聯絡公務呢？

留紙條。

素英姐不收不回email，更拒絕用手機，她覺得親手寫在紙上的字最真切、最有誠意，她才會送上自己親手完成的、可靠度全臺最高的病理切片報告。也只有實力這麼堅強、經驗這麼深厚、她說第二沒人敢說第一的素英姐，才有本事這麼機車。

只是，素英姐門口與桌上的紙條已經多到像許願牆一樣密密麻麻，誰知道哪張她看過了沒，一張蓋過一張搶著被看見，垂墜到地上也不能輕易幫她撿起來，不然她會氣你未經允許意圖竊盜修改重要文件。

不過就是想拿到一張病理切片報告而已，如珊的seminar幾乎已經完成了……四分之一，沒有這張切片報告無法繼續進行。她上禮拜就已經先寫紙條約時間，在約定時間抵達，與素英姐講了三十秒的話，再寫一張紙條約下次時間，再得到十秒鐘的召見，然後再經過N張紙條，才換來今天可以取切片報告，理論上是如此。

如珊坐在切片室門口，約定的時間已經過了四十分鐘，趴在門縫底下偷看裡面是暗的，每個經過的路人都對她投以同情與理解的微笑，該繼續等嗎？就這麼走掉的話，素英姐要是發火怎麼辦？

此時小佩學姐來了，她直接敲了切片室的門，敲了三下而且還敲得很用力！

如珊嚇得快跌倒，趕快衝上前，不惜手腳並用、加上臉與身體阻止小佩學姐激怒素英姐，小佩學姐難道沒聽過傳說嗎，自己不怕死還會株連九族耶……

結果門開了，從暗處幽幽走出來的素英姐，一如往昔縈繞著重重怨念與殺氣，一手收下小佩學姐團購的海苔，一手交錢，竟然還露出笑容跟小佩學姐聊了兩句，這……如珊看看門口連綿的紙條確定自己沒有走錯，這真的是素英姐嗎？

兩人有說有笑，揮手互道再見，眼看病理室又將恢復原樣，如珊鼓起勇氣，再次用自己的手腳頭跟身體卡住即將關閉的門，timing抓得剛剛好，正好夾到手指。但這番犧牲換得如珊所要的豬場病理切片報告，終於，如珊眼角滴下了淚水，一半是因為真的太痛，一半是喜極而泣。

小佩學姐帶如珊到外科準備室處理傷口，像對待小貓小狗一樣熟練呵護，溫柔地說：「妳就是那個學妹啊？」

「哪個？」

「救寶貝的學妹啊，那隻尿結石的雪納瑞，被主人養成一塊破抹布，是妳說服主人簽手術同意書、讓牠治療的，我們都知道喔！」明明是同一間外科準備室，卻像置身另一個時空，如珊印象中恰北北又全身帶刺的小佩學姐，此時此刻親切和藹平易近人，簡直把如珊當閨密。

「想不想吃女宿轉角的豆花，一起去？」小佩拉著如珊去吃豆花，聊聊實習還適應嗎？最近好不好，聊到如珊seminar的case——豬萎縮性鼻炎。

不會吧！怎麼這麼巧！小佩兩年前報過同樣的疾病，當時中南部爆發放線桿菌胸膜肺炎，牧場主人也一直以為是這個病，但大隆師獨排眾議，預言這是萎縮性鼻炎，上臺報告時曾被幾個老師提出相反意見質疑，所以，在小佩最終版的seminar報告裡，詳細列出巴氏桿菌、放線桿菌胸膜肺炎等這幾個常見呼吸道疾病的區別診斷，根本是豬的呼吸道疾病大全。「我回去找電子檔傳給妳，還有reference提到的一些paper，咦，要不要交換一下Line？」

吃完豆花又一起遛住院狗，小佩乾脆帶如珊散步到她宿舍去拿資料，提供了上臺正式服裝與power point製作的建議，最後甚至約好在冬至那天一起吃火鍋湯圓，彩排演練一番。

如珊回到宿舍時，兩手與身心都帶著滿滿的收穫，滿滿的愉悅，真是個可愛的女生啊小佩學姐，爽朗率直又熱情活潑，跟這樣的女生一起工作應該很開心吧，如果我是阿凱學長，一定也會選小佩學姐，阿凱學長、阿凱學長……一想到這裡，如珊全身又失去了力氣，太複雜了，如珊寧可去思考豬的萎縮性鼻炎。

最晚接到case的怡敏即刻進入了備戰模式，準備時間被壓縮，但勝算與企圖都不可打折，繳交給助教的書面稿跟上臺報告的power point檔早就印好了，怡敏進入第三次演練。

從圖書館走十三分鐘抵達最近的自助餐，點菜加付錢花了二分三十秒，坐到椅子上怡敏就拿出報告來看，邊看邊吃邊喃喃複習著，牆上電視播放的綜藝節目、老闆與客人的喧譁，甚至鄰桌小孩弄倒湯引來媽媽責罵，都無法干擾怡敏的世界。

湯，對了還沒喝湯，怡敏放下筷子但沒放下報告，去大鍋盛了一碗湯回來，繼續解決剩下的飯菜，只是奇怪，剛才不就快吃完了為什麼還要吃這麼久？怡敏看到reference的時候，飯粒沾到報告上，伸手要拿衛生紙擦，發現有雙眼睛正盯著自己看，那是承翰。

正確地說，承翰看的是怡敏前方那盤飯菜，「看什麼看啊你自己不是也有……」怡敏正要這麼說的時候，才發現，擺在承翰前方的那盤，長得很像自己剛才吃到一半的飯菜，而自己眼前的這盤，只剩飯粒與菜渣的這盤……不！我吃錯了！我坐錯位置了，我……

覆水難收、人死不能復生，都比不上吃錯別人的飯菜這麼無可救藥，怡敏含著整嘴的食物，吞也不是吐也不是，從頭頂丟臉到腳跟，承翰覺得她這表情實在太可笑了，微微笑說：「沒關係。」抽了一張衛生紙給怡敏，並且提醒不小心看到的報告內容：「倒數第三頁寫錯了，牛的第四胃叫皺胃，不是反芻胃，如果沒有把握的話，直接提第四胃就好。」

沒有最丟臉只有更丟臉，怡敏拿筷子的手激動顫抖，多希望那是一把刀子，架在承翰脖子上逼他忘記整件事，或直接戳瞎自己的眼睛當作沒有發生過，當然那只是想想而已，怡敏冷靜地放下筷子，擦擦嘴巴，收好報告，跟承翰說了「謝謝」，然後火速逃走。

進度啊進度，家豪已經落後了好幾次，又重訂了好幾次，到後來，進度的存在好像是為了被推翻而不是為了被執行，可是逃避真的很可恥而且一點用也沒有，既然扭傷的腳逐漸消腫了，就該像個男人一樣站起來面對：收拾大胖造成的混亂，或是準備seminar，家豪寧可選前者。

把整個公寓加上大胖打掃乾淨，才發現大胖的四隻腳還有整個背都有嚴重的皮膚病，一定超癢超不舒服的，難怪四處搞破壞，家豪決定先帶大胖去治療比較重要。

「哈士奇的雙層毛是為了應付極地的寒冬，臺灣的夏天高溫，冬天潮溼，實在很不適合牠們。」永潔學姐帶著家豪把大胖的毛剃光，做了一次藥浴，還開了一些口服與外用藥給牠，大胖紅腫的皮膚看來稍微鎮定了一些，整隻狗似乎也不再急躁亂竄，開朗依舊但安穩許多。

家豪從藥局領回藥，永潔隨口抽問抗生素的使用原則，家豪答得顛三倒四，永潔繼續問子宮蓄膿的內科療法，家豪彷彿第一次聽到有這回事，「這不是你seminar要報告的case嗎？只剩不到一週，你現在這樣，是打算重報嗎？」

「重報」這兩個字從永潔學姐口中說出來，不是開玩笑也不是威脅，像是預言。「重報」本身並不嚴重，就是seminar不合格的同學收到各方指教後回去整理一下，在所有同學都報告完的最後一週，「再重新報告一次」的簡稱。

問題是家豪這組因為分組抽籤時遲到，直接被列為最後一組，若重報也只多了一個禮拜的準備時間，是能改善到哪去？

要是重報再不通過，等於上學期的診療實習不通過，史上只有承翰這個重修實習的前例，且他是自己放棄，不是seminar沒過。

大四之前的課程重修都還有機會，但大五實習重修注定要延畢，更不要說，下一次要拿到case的難度就更高了。

這樣還不嚴重嗎？要是讓爸媽聽到「延畢」這兩個字，一定又會翻起舊帳掀起大戰，家豪全身冒起冷汗，差點就要吶喊「我錯了，是我的錯！」阻止這些惡夢成真。

家豪答應永潔學姐，三天後不論進行到什麼程度，會把子宮蓄膿的case報告一次給她聽。這等於是要在三天內完成到可以報告的程度，誰敢在永潔學姐面前拿出半成品啊？應該說，誰有那個榮幸能受到永潔特別關照，怕你重報還事先指導你，家豪果然傻人有傻福。

三天後碰巧是冬至，永潔建議家豪把同組同學都約來聚聚，預演報告一次，好！家豪一口答應，真是個好主意。

地點毫無懸念地選在MJ、家豪的住處，「湯圓火鍋會」這麼歡樂的名稱，其實肩負著相當嚴肅的使命，雖然絕對不是把湯圓與火鍋混搭在一起，但家豪約來出席的人，湊在一起卻有些怪異。

小佩學姐幫如珊帶了一套「我穿不下但妳穿一定超美」的洋裝，祝福她登臺順利，還帶了阿凱來旁聽預報。如珊換上那套洋裝真的超美，但一看到阿凱與小佩站在一起，腦子就開始打結，所有豬的呼吸道疾病全部糊成一團無法呼吸。

承翰說他pass不參加，這讓永潔有些失望，她煞費苦心的精心安排，變成一件雞婆的純粹公益。

怡敏說她很忙，絕對不會幫忙帶食物也不能吃太晚，事先把全部人的報告讀完、用紅筆挑出問題、還在最後一頁評了分（假設她是教授的話），準時出席準備開吃，還帶了承翰同行。

承翰?!他不是不來嗎？

翻閱ＭＪ報告的永潔愣了幾秒，直到承翰都坐定開始吃了，永潔也趕快撈個凍豆腐表示自己有在吃。好燙，冒著煙的凍豆腐帶給永潔的震撼，遠遠不及剛剛開門的畫面——承翰跟怡敏。

承翰跟怡敏?!

就算是巧遇，就算被拿槍抵著頭，怎麼想都不可能湊在一起的這兩個人，為什麼並肩站著卻產生一種奇妙的和諧感？彷彿在他與她之間，有一條世人無法理解參與的線相連，只有他與她知道的默契。

永潔想知道那是什麼，如果知道了，應該可以釐清橫亙在自己與承翰之間的問題，找出問題，嘗試解決。不，這可不是臨床診斷或治療，沒那麼容易，永潔搖搖頭，她寧可不知道。

永潔看完報告，把ＭＪ拉到一旁，嘉許報告內容寫得還不錯，穿著浮誇白西裝的ＭＪ華麗地繞永潔身邊轉了一圈，最後說聲謝謝，自願第一個向大家報告。

何止還不錯，是非常好。

永潔從書面報告就可以看出ＭＪ的思緒條理分明，邏輯清楚辯證明確，參考資料豐富，臨床證據詳細，就各方面看來都無可挑剔，而眼前正進行的口頭報告，power point簡明扼要，視覺用色與字體圖片搭配、口條節奏都看得出他的用心，而且雖然只是站在假裝講臺的小茶几上，彷彿有一束聚光燈打在ＭＪ身上，這學弟果然魅力四射，尤其當他看著你的時候，你會以為……永潔相信這是錯覺，因為每個自願為ＭＪ神魂顛倒的女生都會產生這樣的錯覺，而永潔拒絕成為那其中之一。

輪到家豪報告的時候，大家已經吃到鍋底朝天了，血液集中在飽脹的胃，以致於腦袋有點缺氧轉得很慢，但就算只用十％的腦力，眾人給的修正建議還是多到家豪記滿了三張Ａ４紙還寫不完，天啊，以這種程度，屆時站上臺一定被砲轟到體無完膚吧。

怡敏實在看不下去了，把救護車上對自己說的話拋在一旁，主動分配「搶救家豪」的工作，犬之子宮蓄膿報告拆成好幾個部分，大家回去分頭進行，負責教到家豪會為止，承翰也舉手認領了一份。

還能說什麼呢？家豪站在門口跟大家用力揮手說謝謝、說再見，根本沒有喝酒但紅著一張臉幸福滿溢，承蒙大家的幫助，我就算做牛做馬也……家豪手機響起，是Jason師，一打來就問他能不能幫忙，要去牛場緊急出診，能找到幾個人幫忙就算幾個，半小時後出發。

ＭＪ面露難色，一轉身就準備洗洗睡了。

怡敏、承翰走得最早，已經不見人影，如果現在打給如珊她會去嗎？

而接電話的自己，應該已經被Jason師列為既定人選吧，家豪難道可以選擇不去嗎？

9

氣象預報跟一週星座運勢一樣，需要自行腦補、斟酌發揮、加上一些巧合，就滿有機會接近真實狀況，譬如下午在醫院大廳聽到藥局阿姨說颱風要來了，回家要做防颱準備，如珊看著窗外的萬里晴空，心想怎麼可能，現在是冬天好嗎？結果老天翻臉這麼快，結束湯圓火鍋趴時只覺得門口的風好大，騎上機車被風吹到橫移隔壁車道，然後就下起雨，雨越下越大，如珊趕快停在騎樓穿雨衣。

哪來的雨衣啊，如珊從來不看氣象預報，也不帶雨衣的，可是為什麼打開機車車廂，會看到一件……家豪的雨衣？摺得整整齊齊，攤開來巨大到可以把背著書包的如珊整個都藏進去，是哪次在路上突然下起雨，家豪說：「我淋雨也沒差，雨衣先借妳。」家豪，令人擔心的家豪，怎麼就是不先替自己著想呢，seminar報告準備成這樣，真是……正要穿雨衣的如珊，看到手機裡家豪傳來的訊息，都什麼時候了還去出診?!如珊看看發訊時間，再看看潑進騎樓的狂風暴雨，想像只有Jason師跟家豪兩人，開著破爛的出診車在夜裡搖搖晃晃……

「這張圖把牛四個胃的位置、生理機能都標得很清楚，給妳參考。」原來承翰說的是這張圖啊，收到訊息的怡敏，沒有立刻回覆謝謝，而是打開電腦搜尋有什麼可以回報的，有喔，找到了。

「猛禽野放的評估，我猜有人會問這個，給你參考。」承翰收到訊息，秒回謝謝，雖然怡敏給的資料承翰早就查到了，一模一樣的。群組裡家豪的訊息跳出來，承翰盯著那幾個字猶豫，手指點著螢幕久按，把這個行動複製到與怡敏的對話視窗貼上，再加一行：「妳會去嗎？」

穿著睡衣敷著面膜的怡敏，心滿意足地把今日的to-do list逐項勾完，在這一天結束之前還有時間，怡敏既沒有拿起桌上的原文書，也沒有查期刊資料，而是在那個僅剩的空格寫下「給你參考」這幾個字，這個傳說中的學長，要跟我比還差得遠呢，論聰明、論反應、論解決問題的能力、論討人厭的程度……其實他也沒那麼討人厭啦，怡敏這麼想的時候，看到手機裡承翰傳來的「妳會去嗎？」蛤?!什麼?!都拿到case了還跟著去出診做什麼？這人約我去，是想跟我一較高下，還是想……「我會去，你呢？」怡敏回傳了這一行字給承翰。

雨刷全速來回，好不容易在擋風玻璃刷出一小片視野，狂風暴雨又潑灑成一片瀑布，前方能見度不到一百公尺，這種鬼天氣，誰想出門呢？Jason師從後照鏡看這一整車的實習生，覺得他們跟自己一樣傻，MJ睡到東倒西歪，狼狽的如珊溼淋淋的像從古井裡爬出來的女鬼，承翰與怡敏坐在最後一排，一左一右看各自窗外的風景，家豪全身散發著火鍋味，Jason師覺得這組五個學生在這一屆，不，放在任何一屆都是奇怪的組合。

自從獸醫系錄取分數逐年攀升，進來的學生一個比一個「聰明」，經過激烈競爭篩選進來的必然優秀，分析評比觸類旁通什麼都快，但若連學習都要精打細算求CP值，會發現念獸醫系實在太辛苦了，投入的心力要是放在別的領域，應該可以獲得更多回報吧，也難怪在大五上學期就會看到有些實習生敷衍了事，聲明他只求拿到畢業文憑，這輩子不打算以獸醫為業，老師們也學會放過學生放過自己，「因為瞭解而分開」也許對彼此都好，而未來歷經完整實習還願意留下來的人，到底是傻還是真愛呢？

Jason師轉頭看看副駕駛座的班代，「謝謝你，找這麼多人來」，睡到頻頻用額頭撞窗戶的家豪沒有聽見，整車的實習生都無法預想，今晚出診的case之艱難，比起擋在眼前的風雨毫不遜色，路還那麼遠啊，Jason師按捺著焦急，小心開車，可是這麼慢，難產的母牛以及肚子裡的小牛能等嗎？

當Jason師這麼想的時候，暴雨突然停了，他揉揉眼睛，沒錯，前方的產業道路清晰分明不必用猜的，狂風吹散烏雲，頭頂甚至可以看到月亮，這不是疲勞產生的幻覺，而是颱風眼吧？趁這沒雨的空檔，Jason師猛踩油門加速，這段曲折的產業道路走到底，再翻過一座山，就能看到黃先生的牧場。

牧場主人黃先生總說自己沒讀什麼書，最尊敬大學教授的專業，長期配合Jason師的實驗計畫、歡迎學生出診實習、防疫採樣統計，也毫不藏私地與Jason師交流牧場的飼養管理、營養配方、甚至酪農業的生乳行情與進口飼料船期，是Jason師亦師亦友的重要諮商對象。這隻母牛三天前就開始有產兆了，是群體裡偏緊張的母牛，而且還是第一次生產，早在氣象預報還不確定低氣壓會不會形成颱風時，牠就開始吃得少、焦躁不安、甚至衝撞柵欄，直到今天完全不進食，看起來非常虛弱。如果黃先生能自己解決的話，絕對不會在這樣的夜晚急急打電話求救，Jason師把可能的治療計畫前後思考，怎麼想都覺得凶多吉少。

即使是這樣，還是必須到現場看看能做些什麼，像牧場主人常說的，就算「竹篙湊菜刀」[4]也要想出解決的辦法，蜿蜒的山路僅容一車通過，引擎聲聽起來像快罷工，沒關係這是日常，撐著點啊母牛，Jason師排到低速檔，出診車搖搖晃晃繼續往上爬，牧場通明的燈光在漆黑的山谷裡像燈塔，抵達的時候下起傾盆大雨，整車的人顧不得全身溼，把用具搬進畜舍，換上雨鞋工作服，開始工作！

黃先生已經把這頭母牛隔離到單獨欄舍，帶著Jason師與學生們進來，一開亮燈，其餘欄舍裡臥地休息的牛紛紛站起來，靠向柵欄，隔著走道湊熱鬧，牛隻一個個又圓又大的眼睛在黑暗中反射著光亮，像是許多透明燈泡，無辜地、好奇地圍觀即將發生的大事。

「如珊，妳先量體溫、心跳、呼吸次數，可以取得的基礎生理數值都先記錄下來。」Jason師交代，「承翰、怡敏，你們兩個幫母牛上點滴，可以嗎？」Jason師看看牛的狀況似乎站不太穩，還有很長的仗要打啊，叮囑承翰「要有葡萄糖的」，同時請MJ向主人要溫水「泡人工羊水」。

家豪得到Jason師眼神示意，戴上長手套伸進肛門開始掏糞，把阻礙都先清掉，好讓Jason師做直腸檢查，先確定腹中胎牛的死活，再決定下一步行動。超過半隻手臂都在母牛的直腸裡探索，先摸到中子宮動脈，Jason師緊繃的臉上燃起希望，手指感覺到中子宮動脈還正常搏動著，表示持續供應血液與營養，「胎牛存活的機會很高」，接著Jason師又皺起眉頭，調整手臂在直腸的位置，隔著腸道，憑藉觸感尋找胎牛，任拍打在鐵皮上的暴雨陣陣催促，大家只能靜靜等待。

這是頭，這是肩、脊，這應該是腳，「好，找到了」，順著腳摸到蹄，刺激兩蹄之間，感覺到胎牛把腳往回縮，如此確切的生命徵兆，「寶寶還活著！」Jason師說：「準備引產。」

Jason師刷手的同時，家豪清洗母牛的外陰部，連一點點雜草、汙泥、糞便都不能放過，牛寶寶即將通過這個登機門出生到這世界，絕對要刷洗得乾乾淨淨的，「牛寶寶你再等等喔，老師就要來救你了」，家豪這麼想。

「寶寶的頭很大，不太好喬」，Jason師的手臂又被吞沒在母牛的身體裡，大家看不見老師的手如何調整牛寶寶的胎勢與胎向，只看到老師非常費力，半蹲的弓箭步也換了好幾個姿勢，還要喬多久？寶寶還能等嗎？黃太太跟黃先生低聲討論著大家心裡不敢問的問題，甚至開始討論要保母牛還是要保胎牛了，因為「頭很大的話，很可能是公牛，價值太低了」，黃太太一臉憂愁。

泡在人工羊水裡潤滑的是助產繩與助產鍊，維持溫度跟母牛的體溫相近，依

4 臺語俗諺，原指臨時把竹竿與菜刀接在一起做為器械，引申為胡亂湊合之意，在資源有限下，不得不的克難作法。

照在車上分配好的，Jason師一伸手ＭＪ就遞上，看來老師已經找到牛寶寶的兩個前肢了，套好助產繩，繩索長長的這端綁在一根像桿麵棍的棍子上，Jason師退後了幾步，招手要大家過來，然後分配位置，家豪殿後，ＭＪ站最前面，其後依序是如珊、怡敏與承翰，大家站成這樣的隊形，手上還握著繩子，難道，是要展開拔河比賽嗎？

是的，Jason師說：「我數一二三，你們就一起喊『拉』，力道要集中一致，不要分散也不要偷跑，我說停就立刻停。」這正是拔河比賽啊！用全部人的力量去與難產的困境拔河，贏回牛寶寶的生命與牛媽媽的安全，如珊太興奮了，雀躍地跟著ＭＪ稍做伸展暖身，會是怎樣激烈的比賽？

「班代，你在最後面控制大家的方向，注意我的手勢跟口令，停的時候一定要煞住力量，不然可能會把胎牛拉受傷。」家豪點點頭，Jason師還是不放心地一個個提醒：「大家小心安全，自己照顧自己。」

溼暖的繩索在一聲令下繃緊，僵持著兩端的張力。

「一、二、三」、「拉！」，「一、二、三」、「拉！」

怎麼這麼難啊?!如珊感覺小腿快要抽筋，怡敏用力到咬牙切齒，整張臉猙獰扭曲，承翰放低重心仰身後退的同時，也關注著前面同學的腳步與平衡，ＭＪ動用了身上的每一寸肌肉，發自肺腑嘶喊「拉」，但繩索的另一端任何動靜也沒有，家豪緊緊握著短棍，聽到Jason師喊「停！」立刻停止用力調整姿勢，保護因慣性後倒的整排同學們。

Jason師確認母子的狀況，伸手調整胎牛的姿勢，感受母牛努責（腹部用力）的頻率，轉身帶手勢對著大家喊：

「一、二、三」、「拉！」，「一、二、三」、「拉！」，「一、二、三」、「拉！」，「停！」

再伸手調整胎牛姿勢、感受母牛努責，如此反覆了不知道幾次，當MJ看到繩索那端綁著的一隻蹄來到這世界，他們已經盡力拔河超過半小時了，髮梢流下的汗水像屋簷滴落的雨那樣不停歇，喊出的「拉！」聲也越來越細微，大家不要放棄啊，牛寶寶就快出來了，MJ把露出的那一截蹄當作勝利的預告，傳遞給後面的隊友，再堅持一下，就快了、就快了，怡敏緊握繩索的手已經紅腫疼痛，不要浪費力氣去咒罵抱怨，咬著牙用力拉！

「停！」Jason師喊。

大家看到牛寶寶的兩隻前腳都出來了，太棒了！距離勝利只差最後一里路！把握短暫空檔休息，醞釀下一回合……大家注意著Jason師的手勢，卻遲遲沒有等到「一、二、三」，只看到Jason師把手伸進產道再三確認，一臉凝重，這是窘迫症候群，因為胎牛的頭一直無法調整成正確的姿勢，身體甚至為了抵抗繩子的拉力，在助產過程的拉扯中呈現頭部曲折，目前已經沒有生命跡象了，Jason師搖搖頭，走向黃先生討論下一步。

喘著氣的大家來不及擦去整頭整臉的汗水淚水，茫然地互看，差一點就要歡呼的賽局，怎麼會……

黃先生已經戒菸很多年了，黃太太知道，他現在焦慮的時候只能低頭嘆氣，這個溼冷的夜晚，獸醫系師生助產的過程他什麼忙也幫不上，在走道來來回回地走，嘆出的氣像菸圈一樣包圍了他整個人，模糊了黃太太的視線，儘管不願意，遇到了就是遇到了，胎牛保不住，接下來怎麼做能對母牛的傷害最小，就去面對。黃太太煮了一鍋熱甜湯，叫兒子端給實習生們，自己端著兩碗甜湯，加入與Jason師的討論。

大家都又渴又累，只是誰都沒有心情吃，家豪看那個小孩端著一整盤甜湯在一旁站了很久，怕他太尷尬，主動幫忙發給同學們，他還是一臉要哭要哭的樣子，好像小時候的自己。從小在豬場裡長大，看著小豬肥育到成豬，體型漂亮斤兩夠了，將豬排隊趕上豬車，要載去肉品市場屠宰時，站在窗口送別又不忍看的家豪，大概就是這個表情。

「我家是養豬的，跟我最要好的兩隻種公豬，一隻叫魯夫，一隻叫丘巴卡。」家豪對那小孩說，「你呢？你有幫哪一隻牛取名字嗎？」小孩終於露出了一點笑容，從最近的欄舍開始向家豪介紹，「這是布丁，這是艾莎，窗戶旁邊那隻是阿肥，今晚生寶寶的那隻叫做芒果，因為我最喜歡吃芒果。老師說，自己的東西有寫上名字，就不會不見。」小孩認真地問家豪：「你覺得，芒果會死掉嗎？」

家豪不願隨便敷衍，可是這麼困難的問題，該怎麼回答好呢？

「我們等一下要先把芒果肚子裡死掉的寶寶拿出來，如果手術越早完成，對芒果的傷害越小，牠就越有可能健康活下來。」不知何時冒出來的承翰，回答了小孩的問題。

「那趕快啊，要怎麼把牛寶寶拿出來？」小孩問。

承翰一邊喝著甜湯，一邊把Jason師在車上的沙盤推演、跟牧場主人討論的選項，有耐心地翻譯成可對小孩講解的內容，「因為牛寶寶的頭實在太大了，卡住出不來，第一種方法是在肚子裡把牛寶寶切成一塊一塊，第二種方法是把芒果的肚子打開，把整隻牛寶寶拿出來，再把肚子縫起來。」小孩光是想像承翰描述的畫面，嘴巴微張眼神呆滯，這麼血腥殘忍，可以嗎？

「這是為了芒果好，不得不接受的犧牲。」承翰小心翼翼、字字斟酌對小孩說明，一旁的家豪聽起來，承翰是在說服自己。

當狂風暴雨終於安靜下來的時候，黃先生的決定是施行碎胎術。

拿出線鋸消毒，Jason師安排大家的工作，如珊負責安撫母牛，一旦感覺母牛快站不住就輕拍牠刺激牠，千萬不能讓母牛倒下，否則，Jason師伸入母牛腹中操作的手臂若來不及撤離，可能會當場折斷。MJ繼續拉著助產繩，固定胎牛的位置。怡敏跟家豪一組，怡敏負責拿著碎胎器，由家豪左右拉扯線鋸，操作時要特別注意Jason師的指令，因為那線狀環圈既然可以鋸斷胎牛，就可能鋸斷Jason師的手指。站在老師後方的承翰，負責承接卸下移除的殘肢。

胎牛的頭真的太大了，還得用上尖銳的、破壞性的產鉗，當Jason師儘可能不傷害母牛的產道，以器械嵌入眼眶夾出胎牛的頭，承翰沒有迴避閃躲，眼神裡沒有痛苦掙扎，而是溫柔確實地接住了小牛的頭，以及隨後太晚來到這世界的小牛身體。

雖然很困難，但是承翰做到了。

如果還有力氣，大家都想給承翰拍拍手，但事實是，經過這個風雨交加、悲喜難分的夜晚，換下工作服雨鞋，收拾一切上車後，大家累癱秒睡。握著方向盤的Jason師，打了個大呵欠，拍拍自己的臉保持清醒，從後照鏡看著這一車睡歪的實習生，一個個都是奇特的存在，放在同一組相當違合，卻神奇地發揮團結的力量。

「很棒喔！保持下去。」隔天清晨，承翰打開手機，看到怡敏半夜傳來的訊息這麼寫。

10

booking鑰匙，開大演講廳的門，開空調，試筆電音響投影機，確認麥克風電池，家豪一如既往，提早來準備一切，發現講臺的空調出風口似乎沒有風，第一排的燈在閃爍，整體光線調暗了它還在閃，該立刻請工友黃大哥來換嗎？

「班代，今天穿得很帥喔！」阿亮師拍拍家豪的肩膀，難得穿得這麼正式，結實健壯的身材套上襯衫更顯英挺煥發，中規中矩地打了深色領帶，「準備得怎麼樣，沒問題吧？」阿亮師說：「過了seminar這一關，上學期就pass了。」

家豪抓抓頭，呵呵笑，阿亮師從這熟悉的笑容裡感受到熟悉的歉意，一股專屬於期末的、被當的、不祥的預感。

這是這學期的最後一次臨床病歷討論，史努比老師一早忘了刮鬍子、忘了吃早餐、忘了這週上臺報告的同學是誰，只記得住院的白狐狸狗焦蟲檢驗報告是陰性（太棒了！），而且想來聽聽後來確診為胰臟炎的柴犬病歷報告（是吧？是這週沒錯吧？）

老黃準時抵達，在他常坐的靠走道座位上閉目養神，是因為昨天的截肢手術太費體力嗎？還是今早研究生收到的實驗data與預期結果相去甚遠？或是在腦中模擬下午的膝關節手術呢？還是醞釀著怎麼電今天報告的學生，蓄積內力一招斃命？其實什麼都沒有，就算閉上目光如炬的雙眼，老黃的存在本身就足以讓姍姍來遲的學生繃緊神經，還慢吞吞的，以為是來看電影啊？

燈光漸暗，第一個上臺的是承翰。

「病患是領角鴞幼鳥，在草叢間被民眾拾獲，病患在白天遇人不躲、眼神呆滯、無法自行活動，送到本院檢傷發現右瞳孔放大，右翼與左腳骨折、口中有血，這是第一天拍的X光片，我們可以看到……」

承翰條理分明、不急不徐地把整個病例呈現在大家面前，如果略過那些看不太懂的血檢報告、黑白分明的X光片，病患本尊在每張照片裡都睜著無辜的大眼睛看著鏡頭，大演講廳的昏暗燈光下，同學們瞇起眼睛，還是很難區分牠是虛弱還是健壯。拆掉外固定器後，應該是過了很久，整隻貓頭鷹體型明顯變大了，第一次在戶外放飛失敗，第二次也搖搖晃晃地令人擔心，第三次放飛的影片同時也是整個報告的尾聲，牠在近晚的夕陽中飛向天空，越飛越遠，穿入樹林沒有再回來。整個演講廳響起熱烈掌聲，為了這個美好結局，也為了承翰的精采報告。

「是啊，這就是承翰，總是提醒我為了什麼而致力於醫療。」永潔心想，直到全場漸漸平靜，她才發現自己鼓掌的手跟臉上的笑容還熱熱的。

「請問，這隻領角鴞飛出去就不見了，怎麼知道預後怎麼樣？因為我看你好像治療牠很久，會不會被人類養太久，牠忘了怎麼在野外生活？」舉手講話的是王醫師，故作外行的淺白發言，既像真疑惑好奇，也像是陷阱的伏筆，引來幾聲竊笑。

「野放之前我們會進行評估與模擬，包括牠的肌肉量、羽毛生長、獵捕能力，但實際狀況還是要等到放飛才知道，我們也在部分田間設置棲架與自動相機，用來追蹤記錄……」承翰回答，被王醫師急促打斷。

「你聽不懂我的問題，我換個方式問，能不能飛是跟牠骨折預後有關，可是你治療牠的這段時間，食物應該都是你給的吧？你給牠什麼？怎麼模擬獵捕？」王醫師問。

「等牠可以活動自如，我們會給活體老鼠，儘量模擬自然界……」

「所以這樣不算犧牲生命？你可以接受嗎？」王醫師冒出這句話，一如預期，承翰的臉青一陣紫一陣僵在臺上，王醫師補上：「哈哈，我開個玩笑而已，你報告得非常完整，沒有問題了。」

牛的第四胃異位是個常見的題目，要不是報告時間有限，怡敏彙整古今中外的資料足以幫大家上十堂課，站上臺，一口氣不含標點符號沒有喘息地講完，「學生報告到此，以下進行討論。」沒有，現場不論是睡著還是清醒的人都無話可說，安靜中，只有不給力的空調隆隆的運轉聲。

史努比老師舉手，像要說「老師我想出去上廁所」那樣，怯怯地站起身說：「報告相當詳細，資料也很全面，整個case的處理沒有任何問題，就是因為沒有問題，我反而想問問這位同學，選擇這個case作為seminar討論的意義是？整個治療過程，有什麼可以改進的地方？」

「蛤？什麼？當然沒有啊！」手拿麥克風脫口說出這麼沒有禮貌的話，怡敏是真的聽不懂，這什麼問題啊，講得好像學生可以挑case似的，自己可是好不容易拿到這個在臨床上複雜到具有報告價值的case，講到大家心服口服，挑不出破綻提不出問題，難道要怪我？

「妳的報告像在看教科書」，史努比老師補充說明，「每個臨床病例的個體差異、每個醫師當下的判斷、能做的檢驗與治療的極限各有不同，這是為什麼大家要坐在這裡，討論是有空間的，沒有標準答案的，我希望以後妳在執業的時候，也能記得這一點。」史努比老師坐下，一頭亂髮隨之晃來晃去。

怡敏全都聽進去了，這個跑錯棚的史努比老師提的衷心建議，讓她走回臺下還呆了好久好久，沒有被當被罵卻震撼不已，怎麼可以，只要循著科學精神講究邏輯，一定能找出標準答案吧？「不一定喔，這就是醫學……」有個頑皮的聲音在心底這樣告訴怡敏。

「應該先把那盞燈修好的」，如珊報告的時候，家豪這麼想。那盞要亮不亮的燈每閃爍一次，如珊就被打斷一次，因而緊張到按錯頁，還忘了自己講到哪，每次都要把投影片來回翻找，急得家豪在底下比手畫腳、寫大字報，只差沒衝上臺去提醒如珊：「妳明明是知道的，不要慌，是前一張才對！」如珊就這麼指著豬鼻甲骨切片圖講成扁桃腺，指著豬舍地板的出血分泌物講成鼻吻部異位，指著母豬講成小豬，還幾度口誤講成小狗，如此錯上加錯，負負無法得正，稀里呼嚕地講到最後一張投影片才終於對上，臺下哄堂大笑，如珊用力忍住不哭出聲，覺得一切都完了。

一番猛烈的轟炸超過了時間，如珊終於平安走下臺，與正要上臺的家豪在樓梯錯身，拿到家豪塞進手裡的衛生紙，瞬間眼淚鼻涕噴泉般湧出，等如珊悄悄擦乾，臺上的家豪已經報告完了，搔搔頭，面對一個個問題簡單回答，最後竟然還說：「我不知道。」這麼誠實，是不想活了嗎？

最後一個上臺的是MJ，對病例內容與時間的掌握，精準流暢得像一支編排巧妙的舞，報告結束，一個個同學陸續舉手提問，連順序都安排好了，是的，底下這幾個同學都是MJ分配的暗樁，題目加上回答，剛剛好度過討論時間，不留空隙給老師與醫師們提出MJ沒有準備的問題，準時在下課鐘響得到熱烈掌聲，MJ轉了一圈鞠躬下臺，只差沒擺出華麗的謝幕，「等等！」老黃走上臺說。

「以下宣布有條件通過名單，你、你、還有你」，老黃指著MJ、如珊與家豪，「你們三個報告要修正的內容在這裡，三天之內交到我桌上，超過三天、補交還是不通過的，就明年見。」同學一哄而散。

MJ一手環抱一個，拍拍劫後餘生的如珊、家豪，感覺如珊又哭了，但MJ卻笑起來，笑得全身抖動，笑到喘不過氣。

「笑什麼啦？」

「爛兄爛弟……」

「誰跟你在那邊……」

「不能同年同月同日死，也要同年同月同日補交報告。」

「你才難兄難弟！」

「有什麼好笑的，你再笑我要哭囉……」

……原來怡敏、承翰一直站在旁邊，五個人不知為何笑成一團，笑到停不下來，一定會的，seminar會通過的，這五個人一起克服了好多挑戰，也會一起通過大五的上學期。

11

交seminar修正報告不是什麼天大的困難，可怕的是要交到老黃桌上，而老黃正好坐在那裡，當他摘下老花眼鏡，開始用斷層掃瞄的眼睛檢視這份報告，不論準備得再怎麼齊全，都會莫名感到心虛想逃，而軟弱的雙腳與當機的腦袋，雙重阻止身體執行逃走這個動作，譬如現在的家豪，如果老黃放下報告問他一加一等於多少，家豪也會愣在原地傻笑。

「勉強可以啦」，老黃沒有就此放過家豪，清清喉嚨問他：「你寒假有沒有空？」

答案不是「有」就是「沒有」，但誰知道老黃會派什麼作業來折磨學生？逃不掉的，家豪愣在原地傻笑，笑到老黃又問了一次：「你寒假有沒有空？史努比老師要去金門TNR，名額不多，問問看有沒有同學想一起去。」

就這樣？被解除封印的家豪謝過老師，轉身逃走，又被老黃叫回來，「你！一定要去，我幫你報名了。」

上學期已經結束了，但輪診帶來的壓力持續制約著如珊，譬如走在醫院走廊，聽到小佩學姐叫她，會習慣從口袋裡掏出紙筆，記下學姐吩咐的內容，啊慘了口袋裡沒有紙筆。小佩學姐只是要跟如珊分享早上門診有一隻超胖的臘腸，秀出手機照片，胖到看不見腳、身體一節一節像灌得飽滿的香腸，「而且牠有異食癖，什麼都吃，妳知道主人叫牠什麼嗎——吸塵器！」兩人齊聲笑到東倒西歪，順便一起滑看手機裡其他照片，嘰嘰喳喳地評論：「妳這條圍巾好可愛」，「上週新買的超強拔粉刺神器，不好用」，「我們家聚去過這間餐廳，現在下午茶買一送一」，「妳這張腿看起來很長，我喜歡這件洋裝」，「我眉毛好稀疏喔，是不是應該去霧眉，還是妳陪我去接假睫毛？」「要不要去吃肉桂卷？」「我想去！」

如珊無法拒絕小佩，即使這說走就走的邀約，從肉桂卷變成泰式奶茶但被櫥窗裡的包包吸引，最後是兩人走進美髮沙龍坐了五個小時，陪小佩染了一個其實看不出有太大改變的新髮型，「超美的啊，很適合妳！」如珊看著鏡子裡的小佩真誠地說，充滿了活力與自信的她，不管什麼髮型都能發光。

如珊好喜歡跟小佩在一起，聽她分享臨床經驗、醫院的都市傳說，或任何與臨床無關的、跳tone的、無厘頭的生活趣事，當然也包括她的死黨阿凱學長的大小事，「你們真的只是好姊妹嗎？」如珊沒有問出口，永遠只負責聽與笑的部分。照常理推論，小佩跟阿凱是同班同學、同組實習，畢業後又一起當患難與共的住院醫師，情比姊妹深也是很正常的，就像如珊自己跟家豪一樣啊！這麼想並沒有安慰到自己，反而在心裡竄起一股莫名的酸，好羨慕小佩學姐，可以跟阿凱學長這麼親近，擁有自己沒有的一切，好想成為那樣的人，好想……

「那就這樣說定囉，妳先把那四天空下來，報名快滿了，史努比老師說我可以再帶一個我的人一起，去金門做TNVR。」小佩說。

真的嗎？當然好啊！如珊覺得自己超幸運的，可以被列入「小佩學姐的人」，可以去幫忙TNVR，放寒假幾天後就要出發，整整四天的金門行程，如珊從這一秒就開始期待，因為，其中一定有阿凱學長……

史努比老師的診間總是擁擠，塞滿了「不管等多久都要指名給這個醫生看」的忠實主人，從地方醫院轉診來的疑難雜症，院內別科醫師的會診討論，來報告實驗結果的研究生們，以及「想學習的都歡迎跟診」，或發現「在這裡比較不會被罵」的……不論是輪哪一組的實習生們，上述全部的人加上狗貓擠在這小小診間裡，就像顛峰時間的捷運車廂，有進有出依然滿載，誰都會想盡辦法在縫隙中卡個位，找到自己的一席之地，除了史努比老師本人。

史努比老師其實很願意把整個診間讓出來，不跟大家擠，自己悄悄地找個角落幫狗貓看診就好，如果把史努比老師任性的大腦拿來解剖，可以看到CPU分配如下：九十九％臨床診療，其餘的食衣住行生活瑣事則共用剩下的一％。

尤其這半年來，在他幾經推辭還是擔任教學醫院內科主任之後，龐大的院務行政使得要找他的人更多，導致史奴比老師更常從自己的診間消失，最後被發現抱著求診的狗貓出現在超音波室、住院病房、野動科的叢林、廁所、檢驗室……任何「這裡才能安靜檢查」的地方。

這天，史努比老師不論躲到哪，都被怡敏纏著不放。

「T是Trap誘捕，N是Neuter絕育，V是Vaccinate注射疫苗，R是Return放回原地，TNVR是以一種更人道、更科學的方式來減少流浪動物的數量，老師，我說的沒錯吧？」怡敏問，不等史努比老師敷衍點頭，接著說：「這麼有意義的活動，雖然對實習沒有加分，但請一定要讓我參加！」這積極的請求接近強迫，容不得史努比老師蒙混過去。

帶學生到離島協助TNR活動是史努比老師創辦的，幾年下來口碑響亮，爭取排入行程的動保團體、搶那少數出診名額的醫師同學們，各方煩得史努比老師那一%腦容量已無法處理，根本忘記自己答應過誰了，再多幾個也沒差吧，「好吧好吧！」史努比老師最後還是答應了怡敏，好脫身去幫腎衰竭的狗輸血。

怡敏（趁著史努比老師沒有拒絕）幫ＭＪ報了名，不是怡敏夠義氣重朋友，而是她想到要去荒山野嶺做手術，一定要搬很多東西，要是沒有壯丁可使喚，就得自己搬了。怡敏也幫承翰卡了一個名額，因為上學期實習同一組，因為猜想承翰應該會喜歡這種犧牲奉獻的活動，因為……哪需要那麼多理由啊，怡敏其實不想去釐清為什麼。

金門古蹟、賞鳥祕境、必吃美食、必去景點，大家連哪天晚上在哪裡有夜市都查好，機票住宿也統一訂好了，行前準備完成。遲來的離島ＴＮＶＲ義診團名單趕在出發的前一天發布在教學醫院內部討論區，阿凱隨手點開，覺得奇怪，「永潔學姐，妳為什麼不去金門啊？」

「為什麼?!我哪知道為什麼名單上沒有我？」總醫師永潔身為史努比老師的首席弟子，今年一樣預先排開約診與手術，卻依然沒有出現在名單上，因為——

「啊？不好意思，我忘了……」史努比老師根本搞不清楚確切名單，年復一年，永潔從來無緣參加期待已久的離島TNVR，史努比老師一次又一次深深鞠躬：「對不起啦，而且醫院需要妳，妳要代替我留守。」一頭亂髮也在深深歉意中搖晃著。

不去就不去，哼！

永潔把延後的約診與手術拉回來，把行事曆填得跟原來一樣滿，看診、手術、巡病房的日常沒有理由鬆懈，即使，在門診遇到一隻把主人抓到雙手是血的兇貓，也還是得想辦法解決。拿毛巾捲起來失敗，裝洗衣袋失敗，放進保定籠的最後一刻失手讓貓跳走，貓飛到櫃子高處，看牠已經張口呼吸，永潔下令全部的人都停止動作。

診間裡的人此刻都跟貓一樣緊繃，冷靜，冷靜想想辦法。永潔戴上防咬手套，悄悄站上椅子，慢慢靠近、再靠近，趁貓還沒有移動的時候，永潔雙手一把抱下牠，貓當然張牙舞爪地反擊，不能放手，任憑貓怎麼掙扎扭動都不能放手，一切都在永潔的掌握之中。這時診間的門竟然被打開了，這一瞬間，貓掙脫防咬手套，速度快到永潔甚至看不清牠跳往何處，只聽到主人的尖叫與貓淒厲慘叫混合，然後有人拿著大毛巾捲起一團疑似貓的物體，永潔立刻打開保定籠，那人放入貓關上籠，呼，搞定。

耗了半小時保定，診療不到五分鐘完成，永潔叮囑主人下次回診前一小時先餵貓吃鎮靜劑，降低牠接收環境刺激的敏銳度，這樣對人對貓都比較安全，曾經真的有貓在診間過度緊張，於檢查過程當場休克。開完藥寫完病歷，永潔才感覺到累，並非因為這case太困難或兇貓太棘手或……永潔就只是累，整個人被抽乾的那種累，而且這時才發現ＭＪ正摺著大毛巾，一直看著自己。原來那人是ＭＪ，原來……永潔順著ＭＪ的目光，發現自己的下巴延伸到胸口有兩道狂亂的抓痕，還滲著血。

沒什麼，永潔抓起酒精棉跟乾棉花處理自己的傷口，血卻放肆地渲染開來，站在一步之遙的ＭＪ不幫忙也就算了還把視線移開，永潔只好說給自己聽又像示範：「貓的指甲細長，所以抓的傷口不寬但是很深，一定要先澈底清創，然後再止血，不要急，血總會止住的……」

太可愛了吧?!抱著大毛巾的ＭＪ只盯著地板，彷彿剛剛被兇貓襲擊的是自己，ＭＪ感覺胸口有一股難掩的意外狂熱正源源不絕地冒出，這個能治癒動物、治癒ＭＪ的神奇女生，原來並非強悍到沒有弱點，這難得一見的弱點讓她稍微有點人性，讓ＭＪ好想保護她、好想幫她，雖然，ＭＪ清楚知道這個女生一點都不需要自己。

「學姐，可以教我保定嗎?我……很想學。」ＭＪ說。

「好啊。」永潔終於止住了血。

超過集合時間，TNVR義診團還差一個人沒到，大家分頭打電話、傳訊息都找不到MJ，眼看登機門就要關了，「就丟包他吧，活該！」怡敏講得輕鬆，還是頻頻看手機是否有回覆。家豪知道MJ一早就出門了，所以不是睡過頭或忘了時間，到底為什麼遲到呢？少了瘋狂的MJ，如珊覺得這趟旅程好安靜，但還是會很有趣吧？降落尚義機場，站在轉盤前等領行李，大家的手機才紛紛收到MJ的訊息，「不好意思我臨時拉肚子，痛到舉步維艱，拉到懷疑人生，趕不上飛機，超可惜，祝大家義診順利，玩得開心喔，不要太想我，MJ愛你！」

一看就是藉口，承翰直覺MJ不來是有原因的，甚至可以隱約猜到那個原因是……很好啊，早該發生了，承翰總算卸下了一些責任與罪惡感，也許該感到高興才對，但有更強烈的不安與擔心，還有分不清的什麼，像高空中突然來襲的亂流，忽上忽下震盪不休。到了民宿，承翰還持續暈機，拒絕了怡敏去戰備坑道探險的邀約。

TNVR的地點在一所國中的體育館，防疫所的人已經先搬來一些器具設備支援，史努比老師帶著大家用童軍繩與海報圍出動線與分區，用桌椅拼成手術檯，經過一個下午的忙碌，偌大的體育館變身為未來三天的臨時手術室。

明早九點才開始的活動，傍晚已經陸續有民眾過來了，一些有經驗的愛心媽媽來放置事先抓到的浪貓浪狗，又借了誘捕籠再去抓別隻。有的是來圍觀湊熱鬧的，好奇地拉著工作人員詢問「真的免費嗎？那我也去抓我家後面的野貓」、「你們好有愛心喔」、「這麼厲害，會幫狗貓結紮」，好像看到飛碟從天而降那麼新鮮，臭著臉的怡敏只覺得莫名其妙，這裡沒有動物醫院嗎？沒見過獸醫做手術嗎？不然離島的動物生病該怎麼辦？

「這就是城鄉差距」，晚餐由防疫所的股長請客，提到離島的醫療資源與經濟型態，確實需要更多獸醫的投入，「因為地理位置特殊，金門有很長一段時間與外界隔絕，因此有相當豐富的野生動物可以研究，另外也有經濟動物，還有狗貓寵物，如果各位年輕的學弟妹有興趣的話，歡迎到金門來！」股長果然是道地金門人，傳說中從小喝高粱長大的，手裡拿著酒杯酒瓶，從史努比老師開始一個個敬酒、寒暄，「你哪裡人啊？對哪一科有興趣？畢業以後想做什麼？」繞完一整桌還不見臉紅。

宴席間推託頭暈想吐的史努比老師，來到夜市續攤，看到打彈珠、射氣球、套圈圈眼睛都亮起來，一直要揪人比賽，「我們都誤會老師了，扣除獸醫這個身分」，小佩跟如珊共同下了這個結論：「原來他不是生活白痴，而是個五歲的小男孩。」

幫老師同學擋了好幾杯酒的家豪酒量甚佳，只是進到人多的夜市覺得頭有點昏，迷迷糊糊一直想起，下午有位重聽的阿婆問他：「你是獸醫喔，就是來閹豬的嗎？」家豪解釋了很久，這個活動是幫狗貓結紮的，那位阿婆好像還是不理解，一直問家豪「會不會閹豬閹雞？」要拉他到家裡去幫忙。鄉下地方對獸醫的期待就是這樣吧，在這簡樸的離島所受到的熱情招待，讓家豪想到三民村的鄉親、家裡的養豬場、還有在其中辛苦工作的爸媽。

「妳呢？妳對哪一科有興趣？畢業以後想做什麼？」家豪問如珊，防疫所股長的問句不只是閒聊，讓這幾個實習生邊逛夜市邊思考，如珊因而陷入茫然，於是在射氣球的時候，正中隔壁攤火爐上串烤的鵪鶉蛋。

大五都過了一半，未來的方向應該更清楚吧？凡事豫則立、不豫則廢，怡敏早就想過好幾個方案，但經過上學期的實習後被全數推翻，怡敏還找不到哪一科適合自己，更確切地說，沒有哪一科可以帶來以往考試得分那樣明確的成就感，「妳喜歡當獸醫嗎？」在飛機上，鄰座的承翰這樣問怡敏，喜不喜歡很重要嗎？怡敏沒有這樣問過自己，因此無法回答，只好瞪承翰一眼說：「你這問題好無聊喔。」可是此刻，當家豪、承翰與史努比老師在棒球九宮格進行廝殺，快要分出勝負的最後時刻，承翰專注的側臉突然讓怡敏非常想知道這個無聊問題的答案，拿出手機傳訊給承翰：「你呢？你喜歡當獸醫嗎？你畢業後想做什麼？」

以一球之差敗給家豪，史努比老師心有不甘，看到「電流急急棒」一定要找家豪上訴，一局定輸贏。這應該是來自日本綜藝節目的靈感，手持著鐵棍，棍的末端彎成C形，循著鐵條的各種形狀路線行走，C形一碰觸到鐵條就會發出誇張的警示聲，出局！史努比老師的手非常穩，畢竟他的專長是精密的眼科，小心翼翼地過了全長的一半，旁邊已經引來路人圍觀，老闆帶頭鼓譟加碼獎品，差一點點就要過那個尖銳的轉彎處，可惜！失敗了。

接著換家豪，把套圈圈贏的巨型玩偶交給如珊，家豪握著鐵棍，全神貫注開始走，圍觀的人越來越多，怎麼有人走得這麼順？眾人不知不覺跟著老闆一起喊加油，家豪通過了那個尖銳的轉彎處、危險又複雜的鋸齒、漩渦狀的圓形……家豪過關了!!整個義診團的人擁抱歡呼，老闆也感到不可思議，這是他擺攤以來，第一個過關的客人。

「難怪黃老師會對你這麼嚴格，特別挑上你。」願賭服輸的史努比老師請家豪吃雞排，拍拍他的肩對他說：「你的手很穩，心也很穩，很不錯，外科跟急重症都歡迎你。」

「保定大概就是那幾個重點，扣好關節，調整自己的高度去配合動物與檯面，抽血的話要注意血管的走向與操作者順手的方向。」永潔示範過一次，MJ馬上能照做，「學得很快啊，一定是因為他會跳舞」，永潔心想。

這兩天在診間指導他保定的動作，突然覺得這人很眼熟，系上的送舊晚會、聖誕舞會上的solo、還有卡拉OK大賽……在舞臺上吸引永潔目光的，就是他啊！上天是公平的，特別聰明的人有時候也會非常遲鈍，經過了一整個學期，永潔現在才把MJ的傳聞跟眼前這個學弟聯想在一起，這是同一個人嗎？怎麼這幾天好像不太一樣了，不嘻皮笑臉、不耍帥、不偷懶，雖然還是痞痞的吊兒郎當，但是對動物很溫柔。

「你怎麼對牠、牠就怎麼對你，牠們其實是一面鏡子，你的肢體語言、你的聲調完全藏不住你的意圖。」面對聰明的MJ，永潔越教越多，「動物用感官蒐集線索，同樣的，正因為動物不會講話，你必須仔細觀察牠們，從瞳孔、耳朵、尾巴跟身體呈現的角度……統統都在告訴你，牠處於什麼情緒，現在有很多動物行為學、fear free的課程與認證，雖然不直接跟醫療有關，但對臨床會有很大的幫助。」MJ點頭表示瞭解。

這不就是MJ一貫把妹的伎倆？不動聲色地觀察，找出她的渴望與弱點，等她自己發起行動，因為所有攻擊都會露出破綻，所以最好的行動就是被動，就像保定的原則是讓動物感到安全但不感覺被限制，最上乘的保定方法就是不要保定，「欲擒故縱」，MJ私下歸納出這簡明扼要的註解，是針對這兩天保定與動物行為課的筆記，而不是針對永潔。

這個學姐太難被歸類了，就像面對一隻敏銳難測的貓，MJ永遠覺得自己處於線索較少的那一方，不，MJ再次提醒自己，這勝算太低、太危險了，他甚至覺得在永潔面前，自己都不像MJ了。但偏偏，MJ有時喜歡冒險。

整個TNVR活動有來自各方的民眾、狀況各異的浪狗浪貓，還有既精密又複雜的手術與行政工作，必須將流程化繁為簡，現場動線規畫像是工廠的輸送帶，協助資料填寫與確認、分類、麻醉、剃毛、刷洗消毒、手術、甦醒恢復、主人衛教領回，換下一位重複以上流程。

實習生就是這流水線上的小小螺絲釘，譬如在整整剃了三天毛之後，鼻孔耳朵眼睛都感覺到揮之不去的細毛，怡敏認為自己已經成為電動剃剪使用達人，可免費幫哪個不會亂動的同學剃光頭。

如珊的崗位緊接在怡敏之後，野戰醫院硬體雖然克難但消毒絕不隨便，先用優碘棉然後酒精棉，以術區為中心往外畫同心圓，整天重複幾十次這步驟，如珊連喝晚餐的南瓜濃湯，都懷疑這攪拌動作似曾相識，並且注意提高手肘不要汙染消毒過的區域。

家豪跟承翰負責動物與籠子在每站之間的輸送搬移，屬吃重的體力活，一開始還能穩健地移動，到了第二天中午過後，只要遠遠看到體型大的混種犬，兩人就能感覺全身痠痛的肌肉在吶喊求救。

整個動線明確流暢且相當有效率，但體育館裡有一區無法控制地逐日增加，占用越來越多桌椅來堆放熱情鄉親提供給大家的美食，飲料、廣東粥、蚵嗲、燒餅、蚵仔煎……全都擺在桌上任工作人員自行取用，讓家豪想到小時候的廟會大拜拜，永遠吃不完的食物，永遠有人問你「要不要吃這個？」

那位重聽的阿婆就是其中之一，她每天都帶著不同的美食來，在短暫且混亂的休息時間找到家豪，抓著他的手問：「你會不會閹豬，可以跟我回家幫忙嗎？」

塞了滿口高粱蛋卷與炒泡麵的家豪暫時無法開口，也不好意思拒絕阿婆的請求，於是答應在這天活動結束後，隨著阿婆回家。

如果是閹豬，家豪還有把握可以搞定。

但來到阿婆家後院的廢棄豬場門口，躺在推車上的是一隻大白狗，在細看之前，家豪還以為那是個屍體。

大白狗的兩隻後腳都泡在血泊裡，斷裂的大腿骨突出、周圍肌肉腫脹發臭，旁邊還有蒼蠅繞來繞去。「前幾天我去資源回收廠交貨，看到牠在路上被車撞，好可憐啊，我就用推車把牠載回來，聽說有獸醫要來體育館，我想你如果會閹豬，應該也會幫牠手術吧？」此時口齒異常清晰的阿婆說明完，反倒是家豪結結巴巴：「我、我……這、這差太多了，完全不一樣，這個我不會啊……」阿婆聽不清楚，而且無法理解都是手術，怎麼不會做呢？只能看著家豪奪門而出的背影飛奔離去。

「你知道誰有衛生棉嗎？」小佩問阿凱。原來小佩一整天說話輕柔縹緲、只用原本三成的氣力，疑似便祕了三個禮拜、隨時要對阿凱生氣的表情，就是因為生理期啊！

「我是沒有啦」，阿凱說，「可以先借看看，晚一點再去幫妳買，一樣的牌子嗎？」

如珊提供了一片衛生棉擋著先，先帶痛不欲生的小佩回民宿休息，阿凱和如珊出去採買。

超市的結帳櫃檯大排長龍，早知道就到便利商店隨便買就好，如珊東張西望，發現等待結帳的人們購物車裡多是飲料、地墊跟折疊椅，旁邊還有人拿大聲公吆喝著：「花火節專區，賞煙火還缺什麼這裡都有，要買要快！」

阿凱指著貼在一旁整排同款的海報，標題與活動名稱都不重要，重點是海報裡的夜空綻放著絢爛的煙火，地點寫著歐厝海灘，時間正巧是今晚七點半，也就是四十分鐘之後！

「妳想去嗎？」

「當然！」

如珊與阿凱看著彼此的眼睛，在一秒內達成共識。阿凱送衛生棉回民宿，如珊先去海邊占位子，為了爭取時間與好的視野，兵分二路同時進行，「待會見！」

只是，如珊忘了自己是個路痴，路痴來到金門同樣沒有方向感，據說近在五分鐘路程的歐厝海灘，如珊繞遍全島花了三十分鐘才抵達，海灘上已經是滿坑滿谷的人，哪裡還剩有著好視野的位置呢？直到第一發煙火準時炸向夜空，在眾人的讚歎聲中，如珊趕快找個地方鋪上僅供兩人坐的厚紙板，好，終於搞定，只剩等阿凱學長來。如珊滿懷期待的臉上映著煙火，甜甜的、繽紛的、千載難逢的。

這天最後一個診是躺著進來的，不妙，ＭＪ已經不再期待準時下班這件事，可是現在是寒假，而且今天是情人節，誰想待在醫院度過？也不一定，ＭＪ看著永潔問診的側臉，覺得這也許是個巧妙的安排。

狗媽媽上禮拜生了八隻小狗，懷孕期間有吃很多營養品，哺乳也很順利，到昨天都好好的，今天突然倒地口吐白沫、還一直抽搐，主人講一講悲從中來，向ＭＪ借衛生紙擦眼淚鼻涕，還沒擦完，永潔幫狗打了一針，狗就站起來了。這真是太神奇了！主人又是感恩又是讚歎，只差沒跪地膜拜大喊永潔是神醫，怎麼這麼厲害，年輕聰明漂亮身材好……就在主人用盡畢生詞彙把永潔從裡到外從上到下褒獎完一輪，狗也康復到可以直接回家了。「這是產褥熱，大量餵母奶導致鈣離子太低，回去讓牠多休息，狗寶寶一定要改餵人工奶粉。」永潔說。

於是竟然不用加班?!「下班囉！」永潔對ＭＪ說，可以感覺她被嚴重誇獎之後整個人的輕快愉悅，但卻沒有要離開診間的意思，於是，ＭＪ開口問了這句俗爛到不行的話：「妳等一下有空嗎，要不要來我家看狗？」

如果在冬夜，一個單身女子，答應到一個單身男子家裡看狗，通常執行的不會只是字面上的意思。

譬如，永潔在這個情人節的晚上，仔仔細細地把ＭＪ家裡的哈士奇檢查了一番，發現牠有趾間炎、輕微的牙結石、外耳道發炎，以及過胖的問題，「我明天開一些藥給你，口服跟外用都有，一天兩次。另外我建議要增加牠的運動量，規律的外出散步可以減輕體重，也會因為增加陪伴，緩解牠一直舔腳的狀況。」做完明確診斷，「還有問題嗎？」永潔醫師準備回家。

「有」，拿著吉他的ＭＪ在玄關擋住永潔，輕輕撥弄琴弦，「這個問題真的很困擾，這隻狗太喜歡唱歌了，只要我一彈吉他，牠就會跟著唱，可是牠的歌聲實在很恐怖，請問該怎麼辦呢？」

哈士奇隨著ＭＪ的吉他仰頭高歌，永潔則隨著哈士奇穿腦的嚎叫聲而大笑，笑到無法停止，笑到必須扶著沙發坐下來，揮手要ＭＪ別再彈了，哈士奇的歌聲隨吉他聲停止，永潔又是一陣大笑，捧著肚子揮手要ＭＪ繼續彈，繼續欣賞這可愛的奇觀，ＭＪ彈了一首又一首，從〈小星星〉、〈愛我別走〉、〈大黃蜂〉到〈藍色多瑙河〉，哈士奇每一首都跟著唱，嚎叫聲迴盪整個客廳，沒有哪一個音是準的。

阿凱學長到哪了？他什麼時候才會來呢？整個天空滿溢著幸福的煙火，如珊坐的厚紙板還留有一個空位，煙火再怎麼變化層次與圖案，如珊都無心欣賞，微光中少數還站著找位子的身影，有哪一個是阿凱學長嗎？他知道怎麼找到我嗎？海灘上所有人拿手機拍攝煙火與合照的時候，如珊在打電話，傳給阿凱一封又一封的訊息全都未讀未回，甚至一度失去訊號，是手機壞了嗎？還是……

家豪倉皇的轉身不是逃走，而是回去搬救兵，「我不會，但一定有別人可以幫妳解決的，等我！」重聽的阿婆只聽到「@＆＊，X︿＄＃％@！O＆＊＄％，等我！」乖乖站在原地等。

史努比老師被防疫所股長找去吃飯敘舊，其他學長也被帶去擋酒，民宿裡，小佩學姐以臥佛的姿勢盤踞整張沙發，臉上寫著「不管什麼事，都不要跟我講話」，沒有打算移動的意思，急得要跳腳的家豪也不敢擋到她看電視。幸好，救星出現了，「家豪，可不可以跟你借手機充電線？」當然可以，送你都沒問題，家豪幫阿凱學長的手機插上充電線，然後以他消防隊員的身材架著阿凱學長往外走，救狗如救火，詳情路上談。

開放性骨折、大量失血的低血壓、喘、傷口已經有感染會導致敗血症……還沒抵達阿婆家也還沒看到病患，光是聽家豪描述症狀，其中任何一個都有致命的危險，應該立刻送急診。

「學長，是不是我延誤了牠……這兩天跟阿婆溝通有些雞同鴨講，我也什麼都不會……」家豪問。

「不要這麼說。」如果拖了兩天還沒就醫，那麼現在再怎麼急著治療也……阿凱看看隨手拎的出診箱，裡面少得可憐的藥物能派上什麼用場？但阿凱不想讓家豪自責，所以假裝外行地說：「混種狗都很耐的，牠們的生命力強韌得超乎我們想像，你先別想太多，到現場再看看，你說阿婆家是往這邊嗎？」

阿婆其實沒有等太久，家豪離開後，那隻大白狗就沒繼續喘，應該說，沒有再呼吸了。確認狗死了，依照前人的說法要放水流，就丟到田旁邊的排水溝裡，目送牠順水漂走還念了阿彌陀佛，阿婆是個勤快的人，處理很重的大白狗已經很費力了，還把推車上的膿血與髒汙用水沖刷乾淨。

當阿凱跟著家豪急急抵達，衝進後院，看到阿婆把成堆的廢紙堆疊上推車，地板溼漉漉的，沒有走錯吧？剛才家豪說的急需治療的狗咧？三人雞同鴨講再加上比手畫腳，總算明白整件事的來龍去脈，「對不起，是我來得太晚了。」家豪漲紅著臉說。

重聽阿婆大聲地安慰家豪，其實這沒什麼啦，路邊也會看到狗貓死掉，沒有人養的難道要每隻都顧嗎……阿婆越是安慰，家豪的臉越是緊繃。

阿凱帶頭笑出聲來，「學長，你怎麼了？」家豪問。

太荒謬了不是嗎？阿凱覺得這場景好熟悉，剛當住院醫師的第一年，阿凱也像家豪這樣，以天下蒼生為己任，偏偏阿凱的醫術還太嫩，治療挽救的能力追趕不上生命流逝的速度，一次，有隻兩個月大的狗確診犬瘟熱死去，主人跟繁殖場的人分別來到住院病房，經過激烈談判，最後雲淡風輕地付了住院費但沒有離開，兩方都留下來安慰阿凱，「狗是我的，我都沒那麼難過了，你在哭什麼？」

沒事沒事，真的太好笑了，阿凱笑從前的自己，笑自責的家豪，笑生命如此沉重，卻如此輕易地放水流，笑自己急忙間竟把鞋子左右穿反了，除了大笑還能怎樣，阿凱笑著擦去眼角的淚。

「學長，你還好吧？」家豪還是不放心。站在阿婆家巷口，吹了一陣子冷風的兩人才開口講話。

「我勸你下學期不要選小動物，你的個性內科外科都不適合，當你發現自己的不足，就會想要學得更多，可是當你學得越多，就會發現更多不足，永遠追趕不上……」阿凱說，但看著家豪茫然的眼睛，其中流露的柔軟與不甘多麼珍貴，阿凱又笑了，拍拍家豪的肩膀說：「不要聽我的，我跟你開玩笑的啦！」

引吭高歌的哈士奇唱了一整晚，最後累到趴在地上睡著，ＭＪ問：「牠睡著的時候，四隻腳會這樣划，像在游狗爬式，請問狗也會做夢嗎？」

原本以為永潔會以麻醉的分期來解釋睡眠中的肌肉放鬆狀態，或是說明中樞神經控制肌肉的機制，結果永潔說：「可能喔，我猜牠是夢見自己在泳渡日月潭。」

兩個人就這樣趴在哈士奇身邊，看牠閉著眼睛不規律地划動四肢，好憨、好蠢、好幸福。安安靜靜的客廳，ＭＪ輕輕哼起歌，是那首甜蜜的男女對唱，永潔在住院病房一聽到，就能自動在腦中跳出歌詞字幕的那首歌，永潔好想繼續聽他唱，好想按下重複播放，但永潔卻開口打斷：「這什麼歌？沒聽過。」

「真假，妳不知道這首歌？」ＭＪ說：「給我妳的Line，我傳連結給妳。」

海灘上的讚歎聲越來越緊湊，夜空裡的煙火樣式越來越複雜，整個活動來到最高潮，這意外的美好就快結束了，阿凱學長還沒出現，轟！好美啊，最後一發煙火浮誇得驚人，照亮整個夜空如白晝，然後消失。

也許還在回味剛才煙火的震撼，或還在自拍合照，不願這難得的夜晚就此結束，散場的人群移動得很慢，如珊也很慢很慢地起身，不知道該往哪走。他說待會見就是會來的意思吧？他說會來就一定會來吧？小佩學姐的生理痛那麼嚴重，很可能需要阿凱學長留下陪她，那至少也要發個訊息說不來了，但什麼也沒有，生理痛vs煙火，小佩vs自己……

如珊沉重的腳步隨著散場的人流停住了，喔，這是垃圾集中區，有專人在旁招呼指引大家垃圾不落地，眾人排著隊，輪到如珊時，在她要把手上的厚紙板丟出去的那一刻，有一個人伸手接過那紙板。

「我來晚了，對不起，因為剛才……」是阿凱學長。

「沒關係。」如珊說。如珊完全不想知道，是因為小佩還是因為什麼更重要的事……不管要被排在第幾順位，不管要等多久，阿凱學長已經出現了，他說會來，就一定會來。

「那妳剛才還好嗎？煙火怎麼樣？」阿凱問。

「還……」眼眶泛起波浪，淹沒視線裡的阿凱學長，「還不錯……」如珊說。

大五下

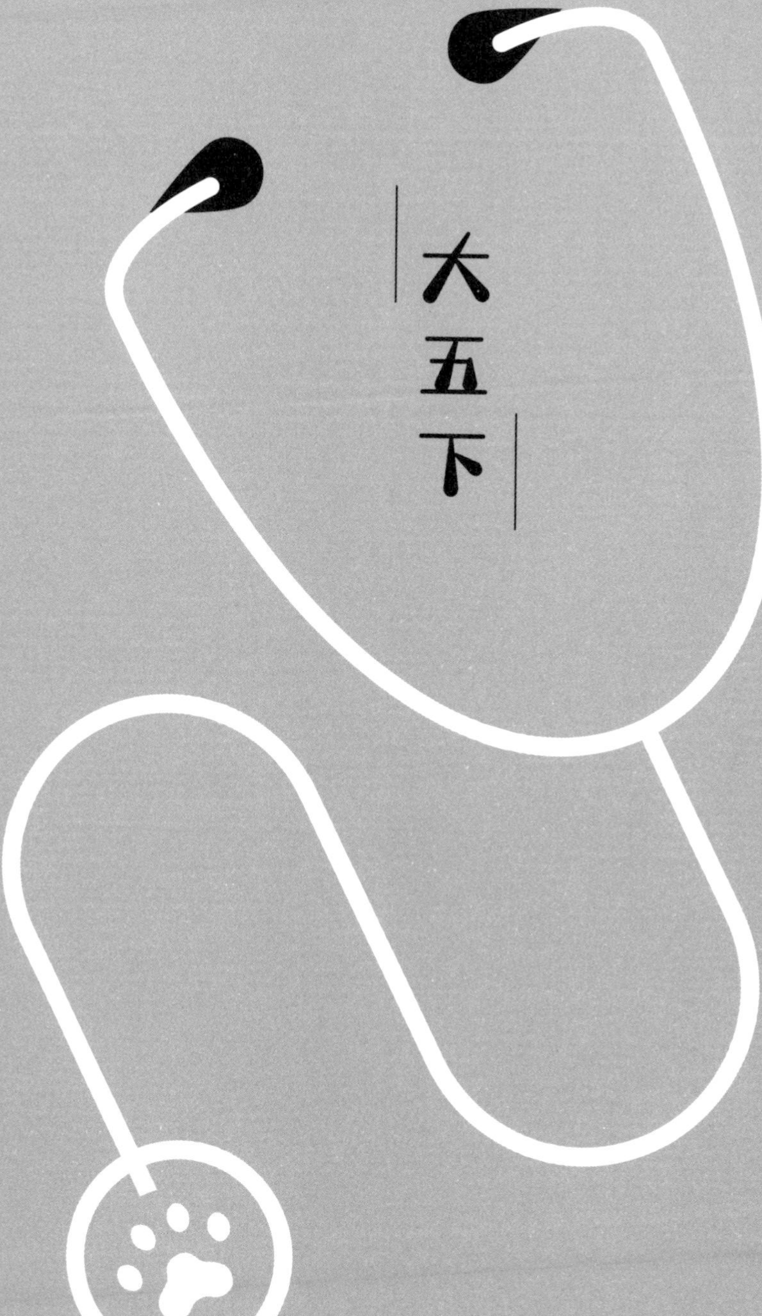

12

過完農曆年才幾天，還沒盡情晚睡晚起、發呆耍廢、虛擲看似凝固的光陰，寒假就結束了。

穿了一個學期的刷手服，少了嶄新的摺線多了洗不掉的汙痕，有些人已經不小心弄丟了，T一〇八教室裡的大五學生們不再興奮毛躁，各科全都實習過一輪，大概知道哪一科在做什麼，憑著比無知再多一點、比清楚再更模糊一點的印象，在此選定下學期要固定在哪一科實習。

每科開出所需的實習生名額不同，歷年來各科被選填的熱門程度，並不完全反映學生心之所向，也與這科別將來在就業市場的價值無關，因為七月就是獸醫師考了，選一個輕鬆過關的科別，好保留更多時間精力來準備考試、拿到執照，才是明智的。

譬如最搶手、準時上下班的臨床實驗診斷科（怎麼也想不起來血片要怎麼拉？好像都在做草鞋），以及出診就是出遊、好山好水心曠神怡的大動物科（若能克服暈車的痛苦，即可週休超過三日，畢竟也不是天天有機會出診），這兩科總是最快額滿，常收到名列前茅的學生，是的，助教為了方便與公平起見，是以每個人大一到大五上學期的成績總和排序，來決定選填志願的順序。名額最多、工時最長、甚至常占用休息時間的小動物科，毫無懸念地最後額滿，難免收到一些不甘不願，但別無選擇的學生。

老師與醫生們雖然早就習慣了，閒聊時會安慰彼此「平常心、平常心」，就表示真的還是很在意。實習生志願選填的這個早上，史努比老師與老黃在教學醫院樓下的T一〇八教室附近巧遇了好幾次，教室門還沒打開，結果還沒揭曉，兩人一再向對方強調自己只是路過。

懷著不必向誰說明的計畫與苦衷，成績最好和最差的這幾個人，沒有事先約好，最後齊聚在小動物組相見歡，有些驚喜但不意外，背後有太多祕辛值得探究，但不管為什麼，有緣能再同組真是太開心了！怡敏、如珊、承翰、家豪與MJ，看到這五個人的老黃沒有任何表情，傳了訊息向史努比老師說「恭喜」。

同樣在內科二診診間，在同樣的時段跟著同一個醫師的門診，早該退休的空調甚至發出同樣轟隆隆到快罷工的聲音但還是可以用，如珊很確定這是個新的開始，跟著阿凱學長看診，如珊知道一切已經跟上學期實習不同了，自己似乎掌握了更多該怎麼做的方向，或者完全相反。

譬如問診，阿凱學長會讓如珊先在候診區向主人確認基本資料、主訴與病史，根據這些線索，加上病患的體重、體溫、血壓等基礎值，寫下認為該做的檢查與可能的區別診斷，等早上的診全部結束，再逐一討論每個病例。

溫和敦厚的阿凱學長，在這開獎時間聽了如珊的報告，臉上肌肉常出現不協調的抽動，用來緩和心中爆出「妳到底在想什麼?!」的驚嚇，整個思考邏輯只要偏了方向，推演得越遠就會呈現越多偏差，或者，被陸續出現的臨床症狀打臉，但沒關係，誰不是從一張白紙過來的呢，阿凱學長捏捏自己的臉，耐心地對如珊說：「多看書、多練習思考、多累積病例一定會進步的，也許下次會更快找到方向。」

於是如珊問診的聲音就像她日漸萎縮的信心，越來越渺小連主人都聽不到，在連續累積了三十個完全猜錯或空白的病例之後，也許印證了天道酬勤、或者完全只是碰巧，如珊對下一個病例診斷抱有八十%的把握，因為她認出了那隻像抹布的雪納瑞，以及牠的主人汪震武。

「沒錯，牠是膀胱結石，又復發了。」阿凱學長說。

漫長的連敗記錄就此中止，但如珊一點都開心不起來，雪納瑞距離上次手術也才過三個月，怎麼能這麼快就累積出好幾顆新的結石，從X光下可見最大可比彈珠大，小的也有BB彈大小，還有許多混濁的細砂……出院的時候不是諄諄提醒主人要讓牠吃處方飼料、不可憋尿、多喝水嗎？

「就是妳，妳上次沒把牠治好，一模一樣的病又來了，妳看！」汪震武也跟三個月前一模一樣，把全身癱軟的雪納瑞直接交給如珊，「我趕著去上班，該怎麼處理妳就怎麼處理」，塞了幾張千元鈔給如珊交代重點，「死了就算了，反正也不是我的狗」，汪震武開著貨車在塵土飛揚中離去。

有些品種的動物並不適合生活在臺灣，譬如有多層細毛好抵抗冰雪的柴犬與哈士奇，溼熱的夏天根本是地獄。有些品種在任何地方生活都不適合，譬如鬥牛犬，人為育種造成畸形的扁鼻子與呼吸道，注定將飽受呼吸的困難。有些品種的性格是寫在基因裡的，譬如比特犬，育種的目標就是做為鬥犬，超強的攻擊力非到獵物死亡不肯鬆口。「這聽起來比野獸還恐怖，遇到熊還可以裝死或爬樹，萬一被鬥犬咬到，只能祈禱還有一隻手可以打一一九。」MJ笑著說。

永潔不講話，瞪著MJ說：「你只考慮到你自己，有站在動物的角度想嗎？

牠們本來就是野獸，有自己的生活方式，就算被馴化成家犬，也還是因應人類的需求為人類服務，你有沒有想過，有些狗，光是牠的存在，就是原罪。」

懂懂懂，我都懂，我只是講了一個不好笑的笑話，想逗妳開心卻沒成功，我就是吊兒郎當又痞，怎樣？ＭＪ吞下這些牢騷，點點頭反省自己，ＭＪ的幽默感可是獲得古今中外男女老少以及ISO9002（質量體系生產安裝和服務的質量保證模式）的認證，為什麼近期與永潔相處越多、越想取悅她，最終卻演變成自己都感到超尷尬巨失敗的不好笑？ＭＪ想了又想，也許，是因為總醫師的設計並不適合被取悅，獸醫的專業形象與學姐的身分，就是永潔的原罪。

專注打病歷的永潔，還沒有回應匆促的敲門聲，診間的門就直接被打開，衝進幾個阿兵哥，合力把狼犬放上診療檯，牠非常虛弱，身上沾了嘔吐物與排泄物。「牠趁我們不注意，吃了花盆裡的肥料，就變成這樣……」

永潔著手處理，確認狼犬的生命跡象、量基礎生理數值、抽血、上點滴、保溫……不論狀況多緊急、充滿多少未知，交給這個女生就對了，那氣場掌控全局，把現場的節奏磁場都拉在同一個頻率裡，不用聚光燈，小小診療檯是她的舞臺，讓人無法不看她，ＭＪ心甘情願成為觀眾。

幾個阿兵哥站到ＭＪ身邊，拿出肥料的袋子問：「牠吃的是這個，不知道有沒有危險？」

當然有啊，你看不出來嗎？ＭＪ把這不適合的笑話吞進肚裡去，接過肥料袋子查成分，寫得密密麻麻的成分超多的，等ＭＪ查完天都黑了吧，也不等血檢報告出來，永潔餵了活性碳跟消化道黏膜保護劑，先爭取時間，「這是有機肥料造成的中毒，即使只吃下一點點，都會有生命危險。」永潔看了肥料成分確認。

幾個阿兵哥圍在門口竊竊私語、焦急打電話，整件事情的危機等級似乎提升到丟了一支槍那麼嚴重，ＭＪ隱約聽到幾個關鍵字，「財產報銷」、「業務疏失報告」、「整包肥料都被吃光了」、「其他三隻狼犬」……顧不得禮貌的ＭＪ大聲插話，最後直接搶過電話，對著全連的國軍弟兄廣播：「只要有可能吃到肥料的狗，不管怎樣，現在就送來急救！不然真的會死掉的！」

老黃指著Ｘ光片裡某個白白的東西抽問，點到家豪回答：

「大便。」老黃搖頭。

「堆太久很硬的大便。」老黃嘆氣。

「結石。」老黃今天佛心大發，透露：「看病歷、看病史，不要亂猜。這裡是腹腔，注意它的形狀，有幾顆？」

家豪看了病歷更加迷惘，幾天不吃、嘔吐、也不大便到底……你問我我擲筊喔？仔細一看有兩顆，位置一前一後，那形狀很像……供桌上的筊！

「是……腸道異物？」家豪答，更精準的答案是牠把兩個筊吃進肚子，筊被腸道包住，正好呈現笑筊。

「那是腎臟，正常的腎臟。」老黃搖頭加嘆氣，氣發丹田對著家豪說：「這是右腎、這是左腎，哪來的腸道、哪來的異物？上禮拜才講過一模一樣的，猴子都教會了，你再亂猜我就把你吊起來打成斑馬！」

同學竊笑，家豪也強忍著笑，厄運就此降臨，以後家豪每天都要找老黃報到，一天解說一張X光片到通過為止。

不只這樣，因為外科工讀生摔車請假，家豪去找老黃就順便被交代洗手術器械、洗洞巾、掃地拖地、整理櫥櫃，老黃發現家豪動作快整理得又乾淨，既然車禍的工讀生遲遲沒有復工，「那麼以後就都你洗吧。」老黃說。這可以算是家豪從老黃那裡得到第一句（也是唯一一句），最接近正面肯定的話了。

秤完那隻橘貓的體重，聽完病史，「糖尿病」三個字浮現在怡敏心裡，而且還不小心直接講出來了。

橘貓的主人像聽算命老師講得太準、不想被知道太多祕密而立刻把手抽回來，帶著防備地說：「妳怎麼知道？」

「因為太胖。」怡敏說。她沒發現這時小佩正在後面瞪她，如珊用手勢提醒她閉嘴，實習醫師不能妄下診斷，尤其沒有經過確認、沒有主治醫師同意就跟主人講可是大忌，因為不論你是菜鳥或老鳥，對主人而言你就代表了醫院。

「妳怎麼可以這樣說！」主人無法承受這晴天霹靂，「我……我從國小三年級以後就一路胖到現在，我也很在意人家笑我胖啊，什麼減肥偏方都試過了，就是沒辦法……」主人說，「可是糖尿病應該是家族遺傳，我怕我爸媽擔心，還沒有讓他們知道我這麼年輕就……」原來主人誤會了。

如珊把怡敏拉到一旁，也阻擋不了她急著以超快語速澄清：「我講的是你的貓不是你，雖然你也很胖而且有糖尿病但我根本不知道，我才不會拿別人的身體或疾病來諷刺或嘲笑，我講的就是事實而且你的貓也很……」小佩拔開針頭蓋，沒有直接抽血，而是用銳利的針頭從遠方指著怡敏的方向警告她，怡敏才把最後那個胖字消音。

綜合各檢查結果，小佩的最終診斷是糖尿病合併胰臟炎，很胖的橘貓（貓如其名，牠名叫胖橘）要住院打點滴，進行飲食控制，密切監控血糖值，好選擇胰島素的用量，「每兩個小時測一次血糖」這個任務就交給「看吧，我就說是」的怡敏。

Zoe是一隻全黑的拉不拉多，黑到乍看之下找不到眼睛瞳孔，拍照無法對焦，全身的毛黑到發亮。

牠的女主人最常穿整套白色服裝，完全符合從偶像劇裡走出來的白富美，而站在她身邊的那個看起來像個忠誠的僕人或司機，總是穿著格子襯衫，完全符合從網路討論區走出來的資深宅男，是Zoe的男主人。夫妻倆帶著Zoe看遍了多家醫院，融合了Dr. google與諸多鄉民、熱心鍵盤俠的各方指教，輾轉來到教學醫院求診，是Zoe被確診為淋巴瘤的九個月之後了。

「我只是想聽聽第二意見，我希望你誠實告訴我，Zoe還有沒有救？如果答案是沒有，因為我真的太愛我的狗了，我不想讓牠承受不必要的痛苦。」女主人說。白富美的人設太過鮮明，在史努比老師聽來，就算從她口中說出「借過」，也會變成偶像劇的臺詞。

什麼是不必要的痛苦呢？承翰很疑惑，更不懂的是，誰能決定哪些痛苦是動物該承受的呢？獸醫不能，主人也不能，即使是萬能的天神也不願做這個決定吧，因為在承翰眼裡，善良的生命值得被好好對待，而動物全都是善良的，不應該受苦。

史努比老師先就主人帶來的厚厚一大疊既往資料解說，分析目前病程以及需要再做哪些檢查以提供進一步資訊，還針對淋巴瘤的成因與預後做個簡短易懂的說明，女主人頻頻點頭表示理解，男主人拿出筆電飛快打字，把史努比老師的說法即時丟上網檢驗，在線等。說明了十分鐘之後，史努比老師渴到必須喝個水休息一下，女主人又問了同樣的問題：「我只要你誠實告訴我，Zeo還有沒有救？」聲音慷慨激昂、蕩氣迴腸，只差沒有伸手搖晃史努比老師的肩膀。

看來史努比老師提供的專業意見與多年經驗，都不是女主人要的，承翰的疑惑累積到最高點，如果看病那麼簡單，也不用花那麼多力氣才訓練出一個獸醫了，找個江湖術士鐵口直斷比較快。正因為腫瘤疾病的複雜曖昧與不可測，整個病程會受到許多因素的影響，很難直接判定「有救」或「沒救」，只能大略推估「還能再活多久」，這個統計數字或長或短，但最重要的是與腫瘤共存的生活品質，這才是需要選擇與討論的。

史努比老師換了個方式跟主人說：「妳說不希望牠受苦，因此我更需要請妳假想一下，在牠生命的最後這段時間，妳能夠承受什麼樣的痛苦？好決定接下來要選擇什麼治療方式，或者不治療，也是一個選項。」

不治療就等於沒救的意思囉？女主人一聽到這關鍵字就自行腦補，延伸回溯，「你們知道我有多愛牠嗎？」接著就不可自拔地與史努比老師分享與Zoe的緣分。

Zoe是為了成為導盲犬而誕生的。

可是協會的人說，Zoe的個性太膽小了，對環境刺激的敏感度太高，所以很容易分心、退怯，訓練過程中一直被留級，當Zoe同胎的兄弟姐妹都先後通過考核、配對盲人同胞開始服勤了，Zoe在各方面都沒有展露專長、尚未達標，也許，牠不適合當導盲犬吧。「這跟我超像的啊」，女主人說：「牠連生日都跟我同一天！」

協會的訓練師決定再試別的方法，徵求到志工家庭寄養，加強牠的社會化，經過重重程序與檢核，Zoe來到這對新婚夫婦的家庭，像個新生兒一樣，在有著滿滿安全感與愛的環境中，重新認識人類的世界，並固定回協會上課。協議寄養的八個月過後，Zoe在協會通過了各項檢測，晚了一些但不算太遲，成為導盲犬開始服勤。「我替牠感到超驕傲的，好像是我自己通過了一個不可能的考驗！」女主人如此說服了自己接受必然的分離。

Zoe服勤了幾年後，來到必須退休的年紀，協會再度徵求志工家庭照顧牠的下半生，這次的相處沒有既定的期限，但要特別聲明的是，退役的導盲犬已經是隻老年犬囉，身體機能的逐年衰退與隨之而來的醫療負擔，都是志工家庭必須承受的。「我願意，我還是去申請啊，Zoe再次來到我們家時已經是個老婆婆了，沒關係，我再也不要跟牠分開了。」Zoe正式被收養不到兩年，開始不明原因上吐下瀉，狀況時好時壞，女主人fire掉許多治不好的庸醫，直到有一天男主人幫牠洗澡時，發現Zoe腋下有腫塊，兩邊都有，一大一小，這時獸醫才不得不懷疑，是腫瘤。

整個診間都變得安靜柔軟，女主人講完這情深緣淺的故事，一旁的承翰雖然沒有跟著搖晃史努比老師的肩膀，但能感覺主人真的很愛Zoe，好希望Zoe能陪伴主人久一點，一起過更多幸福快樂的日子。

史努比老師點點頭，那頭亂髮隨之搖曳，一句話又回到現實：「如果要積極治療的話，有兩個選擇，化療，以及手術切除，也可以不積極治療就選擇安寧，但以我的評估，Zoe還不到必須安寧的程度，你們回去考慮一下。」

直到手術當天，汪震武都沒來看過雪納瑞。

如珊目前手上的三隻住院動物，只有雪納瑞寶貝不是急重症，牠病況是照顧起來最不麻煩、也是其中性格最乖巧的。這幾天一旦忙起來，如珊就是餵了飼料、check一下點滴、記錄基礎生理數值，摸摸牠的頭說：「寶貝你很乖。」然後就去忙別隻命在旦夕的住院動物了，不，有的時候可能連對寶貝摸摸頭說說話都沒有。

深夜離開醫院，如珊邊騎車邊覺得好像遺漏了什麼？（剛才是不小心闖了紅燈嗎？）回到宿舍吃著垃圾食物當宵夜，眼神空洞無法對焦，在馬桶上繼續用手機記錄與聯絡訊息，最後如果沒有滑手機滑到睡著的話，會記得洗澡，可能要到吹乾頭髮爬上床那一刻，才會想到雪納瑞寶貝。

主人早就簽了手術同意書、預付的費用都還夠、手術很快就完成、只是術後低體溫、甦醒與恢復比較久，今天血尿的顏色甚至很快變淡了……隨時拍照錄影傳給主人報告病況，快的話隔天才會呈現已讀，畢竟主人工作時間那麼長，沒空多講話或打字，還能要求什麼呢？

寶貝啊寶貝，如珊感到有點愧疚，自己還是忽略牠了。

在恢復室還沒醒來時，如珊用吹風機保溫順便吵牠，搓搓牠的手腳刺激牠，一邊跟牠講話，講什麼好呢？如珊不知為何講起，自己是家裡唯一沒有過敏氣喘的孩子，小時候當爸媽送哥哥妹妹掛急診、徹夜守護生病的孩子時，睡不著的如珊也好希望爸媽能陪陪自己。身為最不必擔心、最能照顧自己、或是不論任何原因總是被忽略的那個孩子，如珊告訴雪納瑞寶貝：「你的主人只是很忙，但他沒有忽略你，放心，在你住院這段期間，我就是你的家人，我會陪著你的。」然後寶貝就醒了，張開眼睛，沒有迷濛譫妄也沒有搖晃踉蹌，一起身就好好地站穩。

寶貝啊寶貝，令人放心到沒有存在感的寶貝，也許明後天就可以出院了，如珊一想到寶貝出院後還是自己在家裡，憋一整天的尿等待主人回家，（如果有記得）出門散步才能上廁所，這無法調整的生活習慣，一定很快又會結石復發、很快又看到牠攤成一團抹布回診，還能為牠做什麼呢？如珊很用力地想，然後在三十秒後睡著。

🐾

誤食肥料的狼犬，經過急救後生命跡象穩定，目前住院中，MJ叫牠「大福」，因為牠福大命大最早被送來醫院，能夠活下來，其他同樣圍著花盆分食肥料的狼犬們也許吃得少一點，比較晚發作，因此晚了十幾分鐘出發，還沒抵達醫院在路上就先掛了。

阿兵哥們可以出公差來看這隻耳號六三七四的狼犬，每次來的人都不同，是輪流站哨般的例行公事，繳費領收據回去報帳，確認牠還活著，確認不用跑後續死亡證明、財產報廢等等麻煩的行政流程，很好，閃人。所以ＭＪ也不知道該把狼犬的住院狀況向誰報告好，寫成公文發給部隊嗎？

ＭＪ這幾天考慮將這隻狼犬改名為「冷血狙擊手」或「格鬥天王」，或是其他任何更適合的名字（是說有人在乎牠叫什麼名字嗎？永潔問）。因為自從牠脫離險境之後，就開始逐漸展露牠的本性，牠根本是一匹狼，一隻凶猛的野獸，只要有人靠近籠子，就低鳴露齒準備攻擊，出手出嘴沒在客氣的，動作超敏捷凡人無法擋，ＭＪ上次趁著大福面向牆壁不注意時，悄悄抽換看護墊，只是不小心碰倒水盆發出聲音，大福一轉身手口並用地搶回看護墊（都給你都給你，沾了屎尿我也不想跟你搶），ＭＪ眼看著那張看護墊兩三下就被大福攻擊成一片片碎片，飄散在籠子裡，除了替看護墊默哀之外，也懷疑大福在軍中一定受過特種部隊的訓練，以備戰爭發生時，能被當成武器派去殲滅敵軍。

「不好笑。」永潔說。ＭＪ逗笑失敗 again。

「我覺得這是牠極度害怕的防衛，你看牠身體的姿勢」，永潔說：「你有沒有發現，阿兵哥來的時候，牠都會吠叫得很激動，甚至緊張到撞籠門、把自己弄傷，因為牠現在被關在陌生的籠子裡，無路可退。」ＭＪ回想，好像沒錯耶，有一次ＭＪ穿著迷彩垮褲來，感受到大福那天火力全開，多了十倍的攻擊與敵意。

永潔高舉起手，大福立刻後退、吠叫得更激烈，「我懷疑，牠可能很常被打」，永潔隨手抓一根拖把高舉，籠子裡的大福雖然更凶猛地齜牙咧嘴，卻同時屎尿齊飛。永潔再靠近一步，原本躲到籠子深處的大福就開始往前撲，撞柵欄、撞牆壁，在有限的籠內空間瘋了似地亂撞。

太令人心疼了，面對戰鬥力超強的大福，MJ從無可奈何的嘲笑轉為憐憫，也許生為軍犬就是牠的原罪吧，牠之前過的是什麼樣的生活呢？讓牠對周圍環境、對人類充滿如此巨大的恐懼。

「雖然牠現在願意吃了，但還在拉肚子，還是有黃疸，肝膽血檢數值都還很高，還要再住好一陣子」，永潔說：「所以，在住院期間，你儘量每天都帶牠離開籠子，練習出去走一走。」

什麼?!看著籠裡的大福微微掀起嘴皮，MJ剛才對牠發自內心的憐憫，全都迴向到自己身上，這個任務根本等於把MJ丟進血腥的羅馬競技場中與野獸搏鬥，而且MJ一定是被撕裂的那一方。

血糖機的教學影片拍得很清楚，小佩也親自示範過幾次：針戳肉墊或耳朵、擠出一滴形狀完整的圓圓的血，湊上裝好的試片吸取少量血液，如果操作正確，五秒鐘之後就能顯示結果。整個過程動作優雅且有效率，包含收拾儀器耗材，不到五分鐘就能完成……但怡敏就是不會。

胖橘散發出的味道，就像一盤腐敗的水果，加上在貓砂盆最角落硬化的陳年排泄物，淋上不通的水溝的沉積物，再混合放在烈日下曝晒兩個小時忘了吃的便當，還有……怡敏揮去縈繞的果蠅，不，是揮去腦中不停冒出來的氣味畫面，控制手不要因而變得太笨拙，盡是戳到自己的指尖而戳不到胖橘的肉墊，怡敏好氣自己怎麼每次都要弄這麼久，每兩個小時測一次，於是整個人整天都泡在腐敗的水果堆裡。

如珊、承翰、家豪與MJ自動排班來幫忙測血糖，顧及怡敏自尊，強調絕對不是因為看不下去怡敏把現場搞到血跡斑斑，只好說「小夜大夜班總要讓男生輪吧，雖然妳不是女生」。交班時間還沒到，承翰提早出現了，而且帶著宵夜，「因為我還沒吃晚餐，而且我猜妳可能也還沒吃，反正就……一起吃。」

沿著長廊走到盡頭轉彎，經過候診大廳，穿過圓形階梯教室，來到馬舍前最常遛狗的大斜坡，走那麼遠，滷味都冷掉了，終於離開住院病房、離開那股味道的怡敏，隨地而坐鬆懈下來，沒有說「謝謝，滷味很好吃」也沒有說「蚊子好多」，而是對承翰說：「我沒有報名研究所考試。」

「喔，很好啊。」承翰說。他應該不餓吧，自己買的滷味卻吃很少。

「好什麼？我應該要碩士、博士這樣一路往上念，搭著手扶梯直達最高樓層，然後……」

此時兩人心裡都閃過「從綜合大樓跳下來」這個校園傳說，都沒有說出口，怡敏急著澄清：「我不是承受不了壓力的人喔，我可不會跳下來，我也不會因為大五實習受到一點點挫折就……好吧我承認，我……我只知道我不適合臨床，但是我不知道我畢業以後要做什麼。」怡敏說。

「所以我才說妳決定不考研究所是對的，妳這麼會念書考試，想考什麼所都能考上，搭上直達手扶梯，只是把妳現在的茫然往後延幾年而已，至少妳因此知道自己不適合什麼，在實習中受到的挫折，一定會是有意義的。」承翰說。

「你逃走的那幾年，都在想什麼？為什麼又回來？如果你這次順利完成實習，畢業以後要做什麼？」怡敏問。

一次丟出這麼多問題，每個都是大哉問，承翰沒有回答，只是看著馬舍旁空蕩蕩的運動場，還有遠方的燈火，離開校園的世界啊，確實不容易，難怪怡敏會對即將來臨的畢業感到惶恐。

「我知道妳畢業以後要做什麼了，妳可以跟我一樣……」承翰說，怡敏終於轉頭看他，等他揭曉。

「……先去當兵！」承翰說。

「可惡！吃你的滷味啦，剩下全都你的。」怡敏起身離去。

總醫師永潔沒有把MJ一個人丟在競技場面對猛獸，而是每天抽出時間從套上項圈、牽出籠子、在住院病房走……陪著MJ與狼犬，一點一點循序漸進地擴展隨行範圍，MJ每日都看得好吃驚，不只訝異於能歷劫歸來，而是每天克服的困難與進步都不同，譬如發現狼犬對於人比牠高的姿勢有恐懼，所以MJ要先（克服自己的恐懼）蹲下接近牠、慢慢套上牽繩，要離開籠子時牠會反抗，畢竟踏出舒適圈之外就是未知的危險，讓牠走在自己身邊，不能太近也不能太遠，「一個剛剛好讓牠有安全感的距離，這需要去試」永潔說。就算MJ似乎抓到了安全距離，繞完一圈後帶狼犬回病房，要進籠子之前牠也會反抗，可以用食物誘導、巧妙卸下牽繩、關上籠子。

呼！平安下莊。最難的是開始跟結束，MJ覺得，如果說出「像極了愛情」這句話，必定會換來「不好笑」。

永潔還會對狼犬溫柔地精神喊話：「我們今天進步到走廊囉，你表現得越來越好，明天走到候診大廳，要不要挑戰一下？」如此日復一日、春風化雨的伴行訓練才不到十天，除了看到迷彩褲出現還是一秒變野獸之外，這時的狼犬已經不再對人齜牙咧嘴，也許是MJ的錯覺，牠連看著人類的眼神都變得溫馴了。

「越看越像一顆柔軟甜美的大福。」永潔說。

「幹嘛學我叫牠大福，一開始不知道是誰，說這個名字放在狼犬很違合。」MJ調侃。

「那我要自己幫牠取名字，就叫狐狸好了，小王子裡面的狐狸。」永潔說。

「不行，一日大福，終身大福，來自海軍陸戰隊，永遠忠誠！」MJ說。

「不管，就是狐狸，狐狸狐狸狐狸狐狸！」

看到永潔耍賴的樣子，會覺得她只是一個需要人保護的少女，卸去武裝防備與身分的原罪，其實永潔才是那隻狐狸，難以釐清是狐狸馴化了小王子，還是小王子馴化了狐狸，這一步步靠近的過程，MJ都是自願的，因為「你花在她身上的時間，使她變得珍貴」。

永潔裝了乾淨的水，把水碗放進籠子，狼犬立刻低頭喝水，喝了半碗，飽足地打個呵欠，慵懶趴著，永潔伸手去撫摸牠，從肩背的毛一路摸到腹部臀部，狼犬的毛其實很柔軟，永潔順勢往下摸到大腿膝蓋時，狼犬整個跳起來回頭要咬。

「有沒有怎樣？」

ＭＪ問，檢查她的手是否受傷，就在那不到一秒鐘的時間，ＭＪ拉出永潔關上籠門，一把將她擁入懷裡。

老黃可能覺得家豪還不夠忙吧，交給他一個很麻煩的 case ——燙傷的小黑。據說是一壺燒好準備泡茶的沸騰熱水不小心打翻了，波及側躺睡覺的小黑兩隻後腿，經過主人以醬油膏、牙膏、沙拉油、苦茶油等等多方嘗試治療，醞釀了不知道多久，整個傷口變得五味雜陳、化膿感染，才來醫院就診，老黃看了搖搖頭，說：「這個已經拖太久了，如果治療後傷口沒有改善，就要截肢。」

這時主人如果還想為自己多作辯解，或是對老黃的診斷處置有一絲絲質疑，老黃就會用手指著門口要他出去，「我幫不了你，再見。」面對不善待動物的主人，老黃從來沒有客氣過（面對實習生也是）。這個主人沒有被趕出去，因為他說：「一切遵照你的指示，我就是自己醫不好才恭請玄天上帝開示……」主人用虔誠的眼睛看著老黃，「祂叫我來找你。」

傷口面積又大又臭，家豪每天要先清去老舊的組織與分泌物，有些部分深可見骨，必須澈底清乾淨，再鋪上一層層新的敷料與藥物，感染的膿性分泌物雖然逐日變少，但範圍幾乎沒有縮小，甚至還因為小黑常蜷曲著，體重壓迫著後腿，傷口持續惡化中。是否應該考慮截肢，而且越快越好，因為家豪清創時，主人總是在旁作法，架勢十足陣仗龐大，家豪深怕若被發現，老黃一個不高興把小黑爺爺趕出去怎麼辦。

小黑的主人，小黑爺爺會拿法器，鈴鈴鈴地繞著家豪與小黑七圈，再踩著七星步引入天地正氣，畫下符咒，燒一燒放在半熱半冷的陰陽水中，等家豪清創完交給他，是的，是給他服用而不是給小黑，「這樣玄天上帝的法力就可以透過你來治療小黑」。

家豪當然趁主人離開之後把符水倒掉。主人每天都來，有時會帶宮廟裡善男信女供奉的水果、糕餅、油飯、米粉等等來醫院分享，「這都是有加持過的，會保佑你」。

那天的菜包非常好吃，老黃吃了一口，就問家豪：「這是小黑爺爺帶來的嗎？」

家豪深怕東窗事發，不敢回答。

老黃又問：「那你符水喝了沒？」

家豪摀住嘴巴，原來老黃什麼都知道！

為了保全小黑，家豪立刻澄清：「我有請小黑爺爺使用法器的時候鈴小聲一點，他作法的範圍也只有在小黑的附近沒有打擾到別人，下次我一定會阻止他，拜託老師不要……」

老黃搖搖頭，對家豪說：「豬腦袋，你別管他，就任他去，狗病房、貓病房，整個住院部都讓他去鈴鈴鈴個幾圈，看會不會好得快一點，統統出院去。他這人就是這樣，滿嘴怪力亂神但心術單純，之前養了好幾隻狗都住過院，每次出院，他都以為是玄天上帝施法治好的。」老黃又咬了一口菜包，在家豪耳邊告訴他一個天大的祕密：「去年有個實習生，喝了他的符水，拉肚子拉了三天。」

看著MJ馴化狼犬，如珊也試著透過行為訓練，讓雪納瑞寶貝學習在室內小便，但時間太短還不得要領，牠就要出院了。如珊把訓練過程拍成影片，與每日病況一起傳給主人，出院那天，汪震武拿著手機裡收到的影片笑如珊：「妳傳這給我做什麼？就跟妳說沒用吧，牠這隻狗就跟我女兒一樣，固執得很，不出門就不小便，我哪有時間遛牠，這個病要是下次再發作啊，死掉就算了，反正牠不是我的狗。」

汪震武抱著雪納瑞寶貝往長廊的另一端走去，如珊幾乎可以確定，未來哪一天，雪納瑞寶貝又會因為同樣的病因，出現在這條走廊上，只是，下次牠能挺得過嗎？

13

白富美主人幾經考慮後，讓Zoe進行外科手術切除腫瘤，術後恢復得很好，Zoe的精神體力彷彿不曾受過腫瘤的侵擾，甚至不像一隻十歲的老狗，返老還童到白富美主人剛認識的一歲Zoe，「早知道，就不必聽網路上那些人亂講，應該直接來手術。」

史努比老師提醒主人要定期回診追蹤，但後續約診一次次被電話取消或延後，因為「不好意思，我們帶Zoe去環島」、「Zoe跟我們去爬山，趕不回來」、「我們現在跟Zoe在蘭嶼，飛機停飛」……看來Zoe很忙，史努比老師看著那些不太樂觀的血檢數值，沒有再催主人回診。淋巴瘤變幻莫測，多年來交手的經驗，史努比老師發現自己能做的只有——「祝你們玩得愉快！」

胖橘住院了這麼久，血糖還是沒有被控制住，小佩反覆地看著這幾天的血糖曲線，劑量一直在調整，還是該換胰島素呢？翻遍期刊資料，也跟其他醫師討論過，「有沒有可能，是測得的血糖值有問題？」對耶！測的方式、時間要是不正確，得到的數值當然就是錯的，小佩想起曾經瞥見胖橘在操作檯上四周血跡斑斑，能夠這麼笨手笨腳的，一定是小佩認識的如珊無誤。可憐的胖橘，交給這些不可信任的實習生，自己竟以這錯誤的血糖值做出錯誤的判斷……小佩決定把胖橘的case收回來重新做血糖曲線，自己照顧。

幸好小黑及早進行截肢手術，否則感染即將變成全身敗血症。切除的範圍很大，預留了足夠的肌肉皮膚可完整包覆，老黃都算好了，縫完左腳比預期早三十分鐘，「另一邊給你縫」老黃對助手家豪說。

調整好無影燈的角度，家豪手握持針器與鑷子，彷彿站上投手丘，比賽開始，證明在牛棚底下的熱身與每一球的練習都不是白費，老黃之前吩咐家豪用殘餘的針線縫香蕉皮、縫滑鼠墊、縫幾何圖形有的沒的、甚至繡花，都是為了正式上場而準備，投手家豪旁若無人地、穩穩地，在驚濤駭浪中完封了這一局。「勉強可以啦，還需要多練習」，這句話從老黃口中說出來，意思是：縫得很漂亮。

術後的小黑雖然給了止痛，但精神萎靡、食慾極差，一覺醒來突然失去兩隻後腳，還在學習如何使用前腳匍匐前進，搖晃顛簸中。小黑爺爺看到牠這個樣子，呆站在原地一時無法接受，整個人蹲進籠子裡，抱牠抱了好久好久，窸窸窣窣在牠耳邊講了好多話（還是經文或咒語），然後拿出法器施行比以往更繁複的儀式，更專注凝重地踩七星步，主人堅定相信會產生神奇的力量，讓一旁的家豪也覺得自己應該一起加入儀式，幫小黑集氣。

術後第三天，小黑還不見起色，小黑爺爺說是不是該恭請神農大帝還是關公來治療比較有效呢？這天小黑爺爺拿出了另一種法器，施行更具動感的儀式，畫了三張符燒一燒化入陰陽水交給家豪，之後，就沒再看到小黑爺爺來了。

十天過去，小黑的傷口癒合良好順利拆線，可以用前肢撐起身體，食慾不錯，但下半身常泡在自己的屎尿中，把整個籠子搞得很髒，即使專業清潔工家豪也快被打敗。

小黑爺爺去哪了呢？難道是上九霄雲外請神仙來救駕嗎？怎麼這麼多天沒來看小黑？以家豪的瞭解，就算他看到小黑下半身泡在屎尿裡的樣子，也絕對不會放棄小黑的，「我對你有信心，也對你的主人有信心，對不對？」家豪問小黑，小黑沒有理他，而是轉過頭去，在家豪剛清得乾乾淨淨的籠子裡，大了一坨新的大便。

Zoe進入診間的時候，承翰差點認不出牠。一樣全身黑，但毛色不再均勻，毛髮參差雜亂，稀疏處沒有傷口也不像是皮膚病，隱約露出蒼白帶黃的皮膚。全身瘦到肋骨分明，肚子非常非常大，凹陷的眼眶中，黑色的眼球不再清澈，牠的瞳孔還是可以映照出與牠對視的人臉，只是蒙上一層灰。

也太快了吧，承翰看看病歷日期，距離Zoe上次手術完神采煥發的樣子，還不到兩個月。史努比醫師簡短堅定地說出今日檢查結果：腫瘤復發，而且轉移到全身各處。

白富美女主人也瞬間蒼老了十歲，變成偶像劇裡的媽媽或路上大嬸，對史努比醫師說照顧Zoe有多辛苦，從小琉球回來Zoe就越來越挑食，亂大小便，導盲犬訓練一輩子的規矩都不見了，主人知道牠不對勁，接著就突然不能走，晚上甚至會大聲哀嚎吠叫，叫到鄰居都抗議的程度，扶牠洗澡或大小便，不知道是哪裡痛，還會突然咬主人。「我們睡也睡不好，一聽到什麼聲響就起來看牠，如果照那個什麼巴氏量表，我家已經符合可以請外傭的條件，醫生你可以幫我們開個證明申請看看嗎？」女主人問。

就算史努比老師能開這樣的證明，目前也不會有哪個機構可以受理申請，

Zoe聽起來似乎有些阿茲海默症了，照顧臥床動物病患所耗的精神體力，絕對不亞於看護一個年老臥床的病人，Zoe的男主人一定竭盡心力在照顧牠，才能維持Zoe目前乾乾淨淨也沒有褥瘡的模樣，這位可靠的司機與忠誠的管家，已經從宅男變成憔悴的大叔，看他恍惚的神情與臃腫的體態，史努比老師甚至想建議他去做個全身健康檢查。

「我們沒有想要放棄，畢竟你知道的，我那麼愛Zoe，我查網路上說，還可以做化療，只是副作用會很多，我怕Zoe承受不住，而且，我覺得我們也……」女主人吞吞吐吐的哽咽，也像偶像劇裡走出來的媽媽或大嬸，「醫生，我只要你誠實告訴我，Zoe還有沒有救？」

又是那個問句，那個沒有誰可以做的關鍵決定。

承翰想起了稍早之前，Zoe掃完超音波，史努比醫師拿到剛出爐的血檢報告，沒有回到診間而是停在長長的走廊上，對承翰說的話：

「你覺得，我們當獸醫，不斷學習新的知識與技術，為的是什麼？」

「和疾病對抗，去解決更多的問題，去減輕……」對於不確定的事，承翰無法說出口。

「減輕動物的痛苦，我猜你會這麼想」，史努比老師替承翰回答了，「我也是這麼想的，一直都是。可是漸漸你會發現，人的福祉有時候跟動物的福祉是衝突的，這個世界本來就很難維持平衡，我也不想當那個做決定的人，也曾經覺得很灰心，我那麼努力、學那麼多要做什麼呢？」史努比老師的亂髮微微搖晃，眼睛依舊沒睡飽，把血檢報告交給承翰。

「這個case算是非常幸運，沒有衝突，動物的幸福跟主人的幸福是一起的，痛苦也是。我沒有辦法治好這個不可逆的淋巴瘤，但是，我盡一個獸醫所能，去減輕動物的痛苦，減輕主人的痛苦。」史努比老師說完，慢慢走進診間。

因此，承翰已經預期史努比老師會對主人這麼說：

「你們帶Zoe去了好多地方玩，給牠一個充滿愛的家，牠是一隻很幸福的導盲犬，如果現在你要問我的意見，我會建議：安樂死。」聽到這個關鍵字，男女主人當場抱頭大哭，細心的承翰發現，男女主人的嘴角，有解脫的笑容。

家豪沒有猜錯，小黑爺爺不會放棄小黑，會一直為牠想辦法。

幾天後，小黑爺爺的家人來到住院病房，家豪才知道，小黑爺爺終於求得神明的開示，如果希望小黑早點康復，就要到一個深山裡的一間宮廟求得一個符，總之那相當於東海龍王角與千年瓦上霜的難度，小黑爺爺即刻出發了，不幸在途中中風，昨天才從加護病房轉到一般病房。

家人們忙著照顧住院的爺爺，今天才有空來看小黑，可是眼前的狀況實在太糟糕了，該怎麼說好呢？家人各自有務農與勞動工作，一個無法自理的爺爺已經是沉重的負擔，再加上這隻沒有後腳、泡在屎尿堆裡的小黑，會是怎樣的災難啊？家人直接了當地說：「醫生我跟你商量一下好不好，住院手術的費用我們今天結清，可是之後，如果我爺爺問，你就幫我們騙他說，小黑已經死了。」

家豪點點頭，但不打算把這個協議轉告老黃，而是請求小黑的家人：「你的顧慮我理解，但是，小黑牠會越來越好的，請你再給我一點時間好嗎？」

那天夜裡，大家窩在家豪、MJ宿舍，憑著國外網站上的設計與說明，拆解既有的舊輪椅，用塑膠管、鐵架、直排輪的輪子加上全部人的雙手，做錯重做、再做錯重做，完成了小黑的專屬輪椅。

隔天一早家豪興奮地把輪椅拿到住院病房，對小黑而言尺寸大小都適合，只是一把小黑放上輪椅，牠就變成嚇呆的木頭，若試著用前肢移動，划個兩下就翻車，翻得很慘，慘到拉屎，整個住院病房地板都是屎。

「那邊、那邊、還有那邊，把屎擦乾淨」，路過的老黃既不鼓勵也不阻止，只是冷冷地說：「你們啊，還需要多練習。」

如珊感覺自己被排擠了，這感覺好熟悉，像念私立女校時被那個關鍵的風雲人物疏遠，她感到自己跟小佩之間開始存在一道透明厚實的牆，為什麼呢？如珊想了很多原因，是小佩喜歡吃辣而自己不愛嗎？是哪一次嘴巴太賤玩笑開過頭了嗎？是像情人之間因為瞭解而分開嗎？還是小佩發現自己喜歡的人是……

就像季節的轉換無可挽回，如珊發現自己不再是那個因為一點小事，就瞬間從天堂掉到地獄的國中女生了，因為醫院裡有這麼多待辦事項要處理，因為有同組的好朋友，而且，足以讓如珊從春天開心到夏天的是：汪震武傳影片來了！

汪震武不是金城武，他是雪納瑞寶貝的主人。

這也不是第一次收到汪震武的訊息，長輩一早沒事就轉發一些美學風格鮮明的早安圖，如珊都直接刪除。

第一個影片開頭像是車內行車記錄器，汪震武坐上駕駛座，發動貨車，自己繫上安全帶，也幫副駕駛座的乘客繫上安全帶，坐在副駕駛座的是——寶貝！雪納瑞寶貝！他把狗帶著一起去上班了！

第二個影片是在工地，畫面裡的雪納瑞寶貝繫著牽繩往前走，經過坐在地上吃便當的工人們，經過瓦礫石堆建材要小心走，來到草地，雪納瑞東聞西嗅，繞了一圈，尿了很大一泡尿。

好喔，很棒！太棒了！

這樣就不會憋尿了，加上處方飼料與多喝水，就會晚一點復發吧，短期內不會再看到雪納瑞寶貝，如珊開心得快哭了！在住院病房不管攔到誰，都要跟他分享這影片，「你有看到嗎？是不是很感人，有看清楚那泡尿嗎？要不要重播一次？」

貓病房裡，小佩看到胖橘飼料碗裡放的食物，終於解開這段時間的疑惑。每隔兩個小時，小佩用相當正確的方法執行胖橘的血糖檢測，忠實記錄，如此完成的血糖曲線，怎麼還是跟之前實習生做的曲線相去不遠?!到底問題出在哪呢？再次去翻病歷、血檢值、期刊、教科書……調整胰島素有什麼用，就是因為飲食控制不確實，血糖才高高低低啊！小佩今天來的正是時候，碰巧看到碗裡放的是洋芋片、小饅頭、小泡芙，滿滿的各種人吃的餅乾，胖橘低頭吃的正開心，幾秒後就要吃光了。

也不顧胖橘主人還在現場，小佩當場發飆，把所有實習生叫過來。

「我一個個提醒你們，胖橘有糖尿病，飲食要注意增加蛋白質減少碳水化合物，結果牠的血糖到現在還是不穩定，說，到底是誰？餵牠吃那些餅乾？」

被罵到不敢動的實習生只能用眼神互相確認，是誰啊？

「是我」，胖橘的主人低著頭舉手承認，「胖橘生病已經很可憐了，還變瘦，再不給牠吃牠喜歡的東西，我會覺得很難過，很對不起我的貓。」

🐾

小黑的命運取決於小黑爺爺，而小黑爺爺的病情是還沒開獎的樂透，與其擔憂楨龜、不如創造希望，就算，把所有希望全押在一個進行中的實驗，家豪只能這麼賭——輪椅不能輸！

承翰發現小黑常翻車的原因，在於前肢的肌肉力量不足以支撐全身，遑論控制輪椅行進方向，於是展開復健訓練，早晚用大毛巾把小黑的下半身吊起來，練習使用前肢肌肉。每次才剛拿出大毛巾，MJ就開始靠腰說他的腰快斷掉了，直到執行完每天第二輪十五分鐘的復健，大家都同意自己的腰也需要去復健一下。

另外是輪椅的改造，怡敏觀察路上老人的助行器，輪子大多不甚滑順，有助於老人控制與煞車，所以先把輪子換卡一點的。如珊也發現公園裡小孩的三輪車後面有支長長的把手，方便大人協助小孩於無形之間，那就幫小黑的輪椅也裝一支長把手吧！

於是每個沒有下雨的傍晚，只要大家有空，就會帶著小黑，駕駛著牠的「小黑號」來到醫院後方，一開始只要遇到轉彎，小黑就會停在原地等待救援，多練幾次，左轉右轉甚至可以甩尾，小黑越來越能掌控輪椅，不需要長把手的輔助，最後甚至可以跟別隻住院狗在大斜坡賽跑！「帥啊小黑！」「小黑擋牠、超越牠！」「fighting！」黃昏的光線裡，這幾個人為這場隨機舉辦的田徑賽歡呼下注，鼓掌笑鬧。

診斷中心外科樓層的一扇半開的窗後，斜陽刺入老黃的眼裡，再過一會太陽就要下山了，老黃看著這幾個實習生，捨不得眨眼，「豬腦袋，這就是青春啊」，多像從前念獸醫系的自己。小黑都能跑步了，Jordan會不會有機會，一跳飛越這片大斜坡呢？老黃拿起桌上的血檢報告，摘掉老花眼鏡揉揉深鎖的眉心。

不管天氣熱不熱，冰店開了表示可以吃冰。

田徑賽明明是小黑在跑，啦啦隊們全都累到必須去吃個冰解渴，「校門口冰店見」。大家亂聊起哪一屆大獸盃家豪的全壘打、學弟的逆轉勝，MJ在羽球場旁加油被側錄上傳，還有哪年的班際盃連怡敏都上去湊人數。一直搞錯大家在聊什麼的如珊，推推家豪的手肘問：「狗病房裡那隻Jordan柯基，後天要做腹膜透析喔？」

「對啊，主人說雖然希望不大，但可以練習看看。」家豪大口吃冰。

「牠的主人欄為什麼是空白的？牠主人是誰？」如珊問。

「老黃」，家豪仰頭把盤內的冰加水一飲而盡，一意識到自己說了什麼立刻嗆到，連忙解釋，「不行，牠主人叫我不能講！」家豪這時候摀嘴已經來不及了。

🐾

這天的小黑爺爺沒有鈴鈴鈴作法，但是在眾人圍觀下，施展了神奇的力量。

輪椅上的小黑爺爺，歪著臉流口水，整個右半邊輕癱，由家人推著輪椅，來到住院病房。大家抱出小黑，放上「小黑號」，先輕輕滑動幾下，然後小黑就馬力全開，在住院部的空地來回奔馳，一趟又一趟，甚至表演水溝蓋過彎這高難度的特技，在場的人全都不自覺地為小黑激動鼓掌，當然也包括小黑爺爺，他的左手左腳都敲打著輪椅，熱淚直流。

奔跑了幾趟的小黑，來到小黑爺爺輪椅旁，靈巧地繞了幾圈，輪子碰輪子，就像牠以往賴在小黑爺爺腳邊那樣磨蹭，雖然現在人跟狗都乘著輪椅，還是可以撒嬌啊！小黑爺爺很慢很慢地彎下身，用左手摸摸小黑的頭，小黑想跳起來舔主人的臉但失敗，整隻狗因而向右側翻車，小黑爺爺的右手微微動了一下，最後還是無法伸出手協助小黑，沒關係，小黑自己滾來滾去就翻正了，繼續繞圈，舔小黑爺爺的腳。

「帶我去復健，我要復健，小黑都能跑了，我也不要成為別人的負擔，我想重新站起來，接小黑回家。」小黑爺爺對家人說。

🐾

腹膜透析從十點準時開始，整個過程氣氛十分凝重，參與人員連咳嗽都不敢太大聲，因為狗的狀況並不樂觀，因為牠是老黃的狗。

結束的時候大家自動排班，兩個小時換一次班，確保整個晚上都有人在旁照顧**Jordan**的狀況。老黃撐到凌晨一點，看**Jordan**還是沒有醒來，冷冷對承翰說：「牠不行了，斷氣的話先冰冰櫃，上班時間聯絡寵物安樂園。」像交代任何一隻術後不樂觀的狗一樣，老黃就先走了。

家豪輪的是六點到八點那班，走出家門還是一片黑暗，抵達醫院天已大亮。清晨的陽光有一種穿透力，會把事物鑲上金色的輪廓，會為一些已習慣的舊事物帶來新的希望，「也許奇蹟會發生喔」家豪甚至這樣想。

術後恢復室是空的，管線都拔掉了，沒有急救過的痕跡，家豪來到冰櫃，打開翻遍也找不到，那麼Jordan去哪了？

老黃的辦公室與實驗室都沒有人，來到大斜坡，只看到早起的馬。很餓的家豪想去吃男宿旁邊的蛋餅，穿越網球場，來到空蕩蕩的籃球場，一個籃框底下有個落寞的老頭抱著一隻狗，那是老黃與Jordan。

家豪在老黃身邊坐下，就只是坐著，坐了很久，直到球場出現不知道哪個不用念書的系，系隊這麼早集合開始熱身。

「喂，豬腦袋，你喜歡打籃球嗎？」老黃問家豪。

「還可以，系隊後衛。」家豪謙虛地說。

「我念書的時候覺得灌籃超帥，以後如果有養狗，要叫Michael Jordan。可是你知道，獸醫的生活其實不適合養狗，我後來拿獎學金、去美國念書、拿到學位，每天都是勒緊褲帶在算日子，直到回系上教書，薪水穩定了，結婚生小孩，一件一件接連著發生，好幾年就這樣過去。我帶學生的時間都比陪小孩多，這些豬腦袋啊……」迎面的風有點冷，老黃拉緊外套，也把包著Jordan的大毛巾拉得更緊一些。

「小孩念國小的時候說想養狗，剛好門診裡有一隻先天心臟畸形被主人棄養的，我就把牠帶回家，代替我陪我的小孩長大。他們回家會先叫Jordan，不是先叫爸爸。」老黃還是冷冷地說著，但聽到這裡家豪已經快哭了，那些來探望Jordan的老黃兒子們，一個個，都跟老黃長得很像，而且講話一樣冷。

「隨便哪個獸醫都知道，腎衰竭就是這樣，腹膜透析不會讓Jordan活得更好，我當一個外科老師，總要教你們有機會多練習，直到熟練現今醫療的極限，然後超越，總有一天你們會比我更強，想出更新更好的辦法……」老黃看著懷裡的Jordan，彷彿牠日後還有機會被治癒，即使家豪覺得此時牠已經屍僵了。

「豬腦袋，你會嗎？你，會超越我吧？」老黃問家豪。

球場上練習運球的人拍打著籃球，一聲一聲，砰砰砰砰砰地，敲擊著家豪的心臟。

14

「如果沒有意外的話，這是人生中最後一次重要考試了」。

最討厭考試的承翰每天都這樣提醒大家，「再怎麼樣也要撐過這一關，最好趁剛畢業記憶猶新一次就把執照考過，不然之後生活型態轉變，很難專心準備，要回頭來考第二次、第三次，一次比一次艱難。」承翰難得以學長的姿態對大家說出這些話。

考前衝刺的日曆過完一天劃掉一天，未來只有兩天被做上了記號，那是每個人都得參加的、小小放風的特別日子，眾所期待的謝師宴以及畢業典禮。既然家豪那麼忙，已經把各科內容複習到第三遍的MJ，主動接手製作在謝師宴上播放的回憶影片，這有什麼難的，換專業的來，誰能剪接得比MJ好呢？

「全都蒐集好了，放在雲端硬碟裡，謝師宴用的照片、影音，喏，密碼是這個。」家豪交代，「至少有好幾千張，影片也好多，我看得都快中風了。」

「又不是愛情動作片，你在腦充血什麼啊？」MJ調侃家豪，一定是他不善歸類與挑選。

但一打開家豪的雲端硬碟，天啊，大家提供的照片多到浩瀚無邊，像潛泳在海底，眼前形形色色都不想放過，也像攀爬一座資源回收山，每樣堪用的舊物都有故事都難以捨棄，最後深陷其中不可自拔，徹夜對著螢幕傻笑。太難挑、超難剪，短短五分鐘，該怎麼說盡五年來大家的點滴？

ＭＪ剪得頭超痛，兩眼昏花之際點開別的檔案夾，看看家豪都收藏什麼。找來找去沒看到什麼好料，莫非家豪不是一般男人，五年來都不交女友，難道……家豪愛的是我？

終於發現一個資料夾叫做「蛋糕上的草莓」，喔，原來家豪喜歡日系風格。一打開ＭＪ有些失望，怎麼照片裡的人都有穿衣服，但接下來ＭＪ看著這些照片吃驚得無法闔上嘴，那裡面是：大一的如珊、迎新宿營被捉弄的如珊、制服日的如珊、如珊寫的紙條、如珊做實驗、看流星時睡著的如珊、笑得甜甜的如珊、十九歲到二十二歲生日的如珊……完完整整的，如珊全記錄。

有些照片有點糊，但ＭＪ的記憶卻咻一下跳出來，那次是自己的生日，怡敏看如珊蛋糕上的草莓一直沒吃，想動手搶過來，被家豪制止，三人打鬧，最後草莓掉在地上。如珊要哭不哭地說，就是太喜歡草莓捨不得吃，也因為一直沒有吃，光是看著它的存在，就可以想像吃到它的心情，一直抱著這樣的期待，就一直感到滿足愉悅。

那時的ＭＪ並不懂，只覺得這三人很煩，捐出自己蛋糕上的所有水果，要他們別再吵了。

現在的ＭＪ懂了，因為狐狸，因為一步一步靠近的馴化。如果有一個真的很想要守護的人，在乎她過得好更勝於自己，這件事情本身就是幸福，如此純粹、如此美好，像蛋糕上的草莓一樣，不應該被輕易改變。

接下來的大半個夜晚，ＭＪ完成了這一屆的畢業回顧影片。趁著天還沒亮，ＭＪ重新打開那眼花撩亂的千百張照片，啟動內建的人臉辨識系統，挑出所有有永潔的照片，存放在自己的隨身碟中。

最後，ＭＪ冒著生命危險，把家豪的「蛋糕上的草莓」資料夾複製到另一個隨身碟，放入信封，送去給如珊。

「這什麼?」如珊問。

「妳的畢業禮物。」家豪要是知道一定會把ＭＪ打死的。

老師們很早就跟師母、家人報備過，謝師宴這一天會晚一點回家，還把家裡珍藏的酒帶來放在研究室，吩咐旗下的研究生、實習生要開始自主練習，到時輪番上陣，輸人毋輸陣，輸陣歹看面[5]，參加班際盃球賽的陣仗也不過如此，擬定進度，以準備學術論文研討會的嚴謹態度來備戰。

家豪已向學長姐、教學醫院醫師、老師蒐集了屬意的菜色，再跟總舖師攀親帶故、討價還價、東拉西扯，一定要辦出令眾人滿意的澎湃料理。

這個傳統不知從哪個年代開始，一屆一屆就此傳承下去，獸醫系的謝師宴不在飯店、不在高級餐廳，而在系館前的空地搭棚子辦桌，料好實在又有主場優勢，方便征戰通宵。若有不知情的人從旁路過，會懷疑校園怎麼會出現流水席？既不是神明生日也不是農曆國曆上的任何節日，這是一年一度師生同歡的晚會，以帆布棚下圓桌上豐盛的食物，竭盡各人所能的酒量，感謝老師五年來的照顧。

總舖師早上開始備料，還不到中午，蒸騰的香氣，意圖使人無法專心做實驗，系館的每層樓窗戶開開關關，不時有人偷看煮到哪了，午飯記得克制一點，下午茶也暫停一回，都是為了晚上的好料。

住院動物還是得餵的，狗還是得遛，馬舍裡的馬也要讓牠出動跑一跑，這天天氣非常好，傍晚的太陽離去前，照映了整片天空的晚霞，映在草皮上、映得大家臉都染成紅潤繽紛。動物們開心地跑跳，牠們可以理解「倒數」的意思嗎？會感到捨不得嗎？原本的照顧者正與新的照顧者逐步交接注意事項，嗅到新的氣味、新的習慣動作，原本的照顧者離開後會去到多遠的地方呢？牠們並不知道，但確定已經把自己的氣息藏在這些人的身上、印在他們心裡。

橘紅色的天空轉成紫色、深紫、深藍，月亮很早就出來了，還不到表定的開席時間，同學老師已陸續就座，開始閒聊，話題不出獸醫師考準備得如何，畢業之後的打算。

隨著菜陸續上桌，戰力堅強的病理室率先出動，開始到各桌敬酒，簡老師笑得眼睛都瞇起來了，如珊想到出診時牧場主人與簡老師討論的應酬撇步——先泡一杯很濃的茶，濃茶的顏色接近烈酒，等它放涼不會冒煙之後，就拿著這一杯到處去敬別人，一想到這裡如珊忍不住大笑出聲。

「妳，就是妳，報豬萎縮性鼻炎還認不清豬的鼻甲骨的學妹！」病理室的學長姐一人一杯，如珊一一回敬之後，世界開始天旋地轉，茫茫然間，還記得扶好椅子坐下來，奇怪，不是MJ要帶人上臺表演嗎？怎麼大隆師先拿起麥克風唱起歌來了？

大隆師其實超愛唱歌的，學長姐都知道他的招牌歌是〈愛拚才會贏〉，唱到副歌處還會帶動唱，大隆師會一個個點名，有誰敢不站起來跟著唱？全場氣氛就這樣炒熱起來。

5 臺語，意思是輸給某人沒關係，但排在最後一名就丟臉了。

大隆師唱完指名要求老黃接棒，老黃雖然再三聲明「我不會唱歌、我不會唱歌」，半推半就地上了臺，但一開口就驚呆全場，這是個被外科手術耽誤的聲樂家啊！音高、音準、節奏，甚至臺風都在水準之上，所有同學猛喊安可！老黃又恢復嚴肅的臉碎念「我不會唱歌、我不會唱歌」，以行軍般的高冷步伐，回到自己座位。

氣氛已經熱鬧沸騰了，都要上甜點水果了，才終於輪到同學們的show，由MJ編排、這屆大五畢業生共同呈現的勁歌熱舞，因為排練時間與個人資質有限，其中大部分同學都被學長姐輪番灌酒且不敢推辭，所以跳得同手同腳或慢了好幾拍，像在打醉拳或漫步，最後又意外地跟回原本的拍子，演變成一場大爆笑的show，讓學長姐與某些老師也拋開偶像包袱，不顧形象地跟著亂跳，全場嗨成一片。

音樂聲歇，東倒西歪的同學互相攙扶下場，臺上只剩MJ一人，臺下突然安靜下來，看他還要變出什麼花樣？

MJ把衣領拉到最高，戴上帽子：「碗糕咧，你不要看到黑影就開槍！」底下第一時間大喊：「大隆師！」

MJ先是優雅地刷手，把眼鏡推到鼻頭：「還聽不懂啊？猴子都教會了，豬腦袋，去外面罰站。再犯同樣的錯，把你吊起來打成斑馬。」底下大喊：「老黃！」當事人老黃眼神一掃，眾人全部低頭忍笑。

ＭＪ把頭髮撥亂，搖晃一頭亂髮，以剛睡醒的眼睛逗著假想的狗狗：「乖寶寶來，你好乖好可愛喔。」底下大喊：「史努比老師！」這一喊才意外發現史努比老師正準備尿遁，於是被大家抓回來繼續喝。

在這片歡樂聲中，承翰不知是喝得太多、還是因為勉強自己而害羞，一個人紅著臉、拿著一個杯子一整瓶酒，先向同組組員敬酒，然後一一去向老師道謝，本來就不多話的承翰，用盡全力說出「謝謝老師再給我一次機會」就哽咽了。大隆師勸他不必乾杯沒關係，能夠看到他實習順利結束，也放下了幾個老師們心中的重擔，「恭喜畢業啊，畢業了就好，以後的路還長得很，你啊，一定會是一個很好的獸醫。」大隆師拍拍承翰的肩。

為什麼呢？承翰紅著眼愣在原地，像罰站一樣無法動彈，經過這一年，還是沒有準備好要成為獸醫，還是無法回答大隆師「要如何面對死亡」，自己到底憑什麼……

「我想你還是學不會放過自己，以後不管你在什麼位置、做了什麼，永遠會把動物的生命放在心上，這樣的人當獸醫一定……碗糕咧，講那麼多做什麼，喝啦！」大隆師打從心底笑得好開心，笑得臉都紅了，自己乾了一杯。

如珊今天一直躲著家豪，不知道為什麼，但家豪就是這麼覺得，大家都四處找人合照自拍，如珊沒有去找阿凱學長，反倒是拉著小佩學姐划酒拳，且沒有節奏感地一直慢出，根本是自己找酒喝吧？這樣下去如珊會倒的，家豪忍不住加入這場戰局，怡敏也來了，自稱沒喝醉的怡敏連算數都有問題，全身還是散發著殺氣與豪氣，只是酒後的怡敏聲音又甜又軟，眾人都靠近這桌圍觀。

不知不覺，如珊已經從參賽者脫離到觀戰第一排，再被擠到第二排、第三排，越推越外圍到可以靠在帆布棚鐵架上，吹著迎面而來的微風，喉嚨有點沙啞，臉還很熱很熱，於是，流下來的炙熱眼淚也不覺滾燙了，為什麼哭呢？

這一整年，好辛苦好辛苦，確確實實地走往自己想去的方向，殘酷地面對自己各方面的匱乏，知道不足就繼續學習、多練習，「這就是當學生的權利啊！」是的，這是喜極而泣吧，如果通過了一個月後的獸醫師考，從小唯一堅持至今的夢想就要實現了，是不是是不是？如珊根本不想釐清為什麼，只想放肆任性地哭一場，哭到視線模糊，也許還吐了兩回，吐到自己還有那個人的身上，他的大手輕輕摸著如珊的頭髮，讓如珊整個人靠在他身上，他低頭輕輕吻了她的額頭，如珊很確定，那個吻，不是友情而是愛情。

如果是以往的如珊，不會有勇氣分辨他是誰，畢業應該是結束不是開始，不論他是家豪還是阿凱，都不會讓如珊的世界天崩地裂，能夠獨當一面的獸醫師是成熟且勇敢的，面對愛情也應該如此，於是如珊擦擦眼淚，在心裡做了決定，要把他看清楚。

如珊抬起頭，那個人對她說：「我結束住院醫師第二年的訓練就會離開學校醫院，去美國考專科醫師執照了。」

MJ模仿完全部的老師包括藥局阿姨與打掃阿姨，下臺當然要跟當事人喝完一輪，他注意到永潔還是清醒的，還好。即使在這樣的場合，還是很少人敢去敬永潔，只有承翰敢。

瓶子裡的酒都空了，杯子裡還剩一點，搖搖晃晃地來到永潔身邊，承翰一個字一個字盡可能清楚地說出：「謝謝妳，謝謝妳為我所做的一切。」

永潔放下手上的果汁，搶過承翰手上正要喝的那杯，自己一仰而盡，整張臉爆紅得像在生氣，氣到快站不穩了，誰都知道，永潔要的並不是謝謝。

ＭＪ沿路聊天打鬧來到這桌，提防酒醉的承翰再做出蠢事。沒想到，承翰一把將ＭＪ拉過來，另一手抓著永潔的手，將兩個人的手搭在一起，以證婚人的慎重姿態，虔誠清醒地說：「你們在一起，一定會很幸福的。」

那晚大家醉得有多誇張、醉後又有什麼荒唐的舉動，吐了多少真言，發生在謝師宴裡的一切，會在日後反覆被提起、歷經多次同學會、陪伴大家不同的人生階段、流傳成各種版本，想忘也忘不掉，卻難以澄清哪一種版本最接近實情。唯一公認的事實是，家豪把喝醉的同學們一一送回住處。

第二天一早，棚子拆了、桌椅收了，日子恢復原樣，距離獸醫師考試又少了一天。

手術室還是從早到晚被booking滿滿，走廊的候診椅上同樣排著等待的主人與動物們，但看起來就是哪裡怪怪的，主人在診間裡不再隱隱感到爭先恐後的競爭壓力，因為少了實習生。

舊的學期結束，新的學期還沒開始，一年又一年，每年都是這樣的，永潔已經習慣了，送走這一屆實習生再從頭教新一屆的實習生，當然也有像怡敏那樣積極向上的好學生搶先來跟診卡位，也會再遇到像家豪那麼遲鈍、像如珊那麼歇斯底里、像承翰那麼充滿理想，還有像……不、不會再有誰像ＭＪ一樣了。

住院醫師的評選會議上，永潔大力為ＭＪ拉票。

「他是我看過可塑性最高、最有創意的學生。」這些都沒有錯，但史努比醫師提的「不穩定性高、只對感興趣的事負責」也是事實，永潔竟在情急中講出「和他一起工作非常有趣！」這麼不專業甚至暗藏私心的話，引來全場鼓掌通過，讓ＭＪ入選最後一席住院醫師的位置。

一定要先告訴他這個好消息，好讓他提早準備未來至少一年的職業生涯！

授袍宣誓典禮當天，ＭＪ心有靈犀地提早來到教學醫院，他敲了敲永潔辦公室的門。

「學姐，住院醫師的申請……」

「結果出來囉！可是還要跑公文那些流程，過幾天才會公布。」永潔回答。

「我放棄。」

「什麼？」永潔確定自己沒有聽錯，MJ的表情並不是在開玩笑。

「可是評選會議已經開完了，你現在放棄錄取……」也算是直接告訴MJ甄選結果，雖然永潔沒想到是以這樣的方式。

「那我還要另外填什麼表格或手續，如果在流程上需要的話，來正式表示，我放棄錄取？」MJ問。

「為什麼？」

「另有生涯規畫，以及個人因素。」MJ謙和有禮地說出這樣官方的答案。

「你不是考慮很久才決定申請嗎？住院醫師的訓練不就是你要的嗎?!」永潔急起來的時候語氣就像譴責，但她已克制許多，否則她會痛罵MJ，面試前為他做的預演、分析，包括發case給MJ，花在他身上的時間，統統都是浪費！

「學姐，不好意思，我沒有辦法跟妳一起工作。」MJ說。

這什麼理由？怪我嗎？MJ絕不會知道，這正是永潔為他爭取到這機會的最有力說詞。

永潔為了掩飾羞愧與憤怒，以師長的風度擠出笑容，客套地關心一名畢業生：「那，不當住院醫師的話，你接下來有什麼生涯規畫？」

「謝謝學姐的關心，我想這是我私人的問題，沒有必要向妳報告。」MJ答。

永潔真的要爆炸了，狠狠地瞪著ＭＪ的兩隻眼睛，一定要把這個人給看清楚，總是這樣忽近忽遠忽冷忽熱，就算他那些討人喜歡的外在都是假象，永潔以為自己看穿了他的真心，到頭來，只是選擇相信另一個假象而已。

「喔。」盛怒的永潔只能擠出這一個字。

「承翰那天喝醉了，他說的那些，妳不要放在心上。」不識好歹的ＭＪ到底以為自己是誰？是怕永潔還不夠難堪嗎？

「你可以出去了，現在！然後把門關起來。」永潔說。

ＭＪ輕輕把門關上，也卸下那毫不在乎的痞樣與欠揍的笑容，在永潔辦公室的門外站了很久很久，最後，終於能在心裡對著門裡的永潔說再見，說再見是真的再見，因為我還是想再見到妳，等我準備好了，等我變成一個更好的人，等我……

ＭＪ閃進大演講廳的時候典禮已經開始了，在黑暗中走到家豪旁邊，家豪看ＭＪ臉色哀戚，用脣語問他「怎麼了？」院長老黃正要開始講話，也只有ＭＪ敢在這個時候以他那張又帥又欠揍的臉，用脣語回答：「大便。」

老黃敲敲麥克風，開始講話：

「各位同學，我知道你們很多人很討厭我，還好，今天你們畢業了，因為我也不怎麼喜歡你們。」臺下此起彼落的悶笑，完全是黃氏幽默，今天之後聽不到該怎麼辦。

「能夠從獸醫系畢業，不是簡單的事。」老黃一臉正經地說。

「沒本事的，不想念的，早就被二一出去了，能夠升上大五，過完實習這一年，還沒有被我逼走的人，表示你能吃得苦中苦，依照慣例我應該要祝福你們，以後就算不當獸醫也活得下去，至少可以去當清潔工。」老黃不等大家笑完，就立刻說：「走出這個校園以後，你們就不是學生了，你可能還是會犯錯，可能還是會遇到不知道該怎麼做的狀況，還是笨得像個豬腦袋。」

「看看你身邊的同學，這間教學醫院裡服務的學長姐，還有站在你前面的老師們，今後我們就是同行了，我們是你最堅實的後盾，可以互相討論的戰友，而不是互相競爭的敵人。」老黃說：「當然你問笨問題我還是必須要罵你。」臺下的啜泣聲再也藏不住了，連家豪都紅著眼眶笑了。

「身為獸醫系的老師，我有信心，每個從這裡出去的人，都具有最基本成為獸醫的能力」，老黃的眼光掃過臺下的每一個學生，「而你們，每一個人，總有一天，會讓我替你感到驕傲。」

板著一張臉的老黃，說出這番情真意摯的祝福，面對臺下如雷的掌聲，他吞下哽咽，冷冷地接著說：「要授袍是不是，那個班代，哭什麼，把衣服拿上來。」

每一組同學輪番上臺，接下老黃親自頒發的醫師服。

老黃說的話還在耳邊迴盪，好不容易啊，穿上這一件醫師服，如珊已經哭到眼淚鼻涕糊滿臉了。

站得直挺挺的怡敏，為掙得這一切的自己感到理所當然的驕傲，她很清楚這一年得到多少幫助，光憑自己是絕對做不到的。

承翰的第二次實習好難好難，有些關卡克服了、有些還是跨不過，橫亙在眼前的死亡永遠沉重，依然難以負荷，但承翰會試著面對而不是轉身逃走。

MJ不知道這件醫師服這麼合身，像是量身訂作的一樣，一年前的此時絕對無法想像自己穿上醫師服這麼帥，比原本更帥一些。

老黃先摸摸家豪的頭，像他每次回答不出來那樣，懷疑他腦袋裡到底裝什麼，把醫師服交給他，然後輕輕拍了他的肩，很壯的家豪穿得有點慢有點卡，身為老黃萬中挑一的刁難與特訓對象，相信家豪往後學什麼也依然無法一點就通，但絕對堅固可靠，老黃讓家豪知道，自己是可以的。

穿上醫師服的同學們回到座位，畢業生代表班代家豪走往臺上，接下來是宣誓儀式。

哭得淚眼婆娑的如珊揉揉眼睛，是不是自己看錯了，應該在天堂的心愛小狗Pocky為什麼出現在腳邊？

MJ難以忘懷的、讓他決心當一個好獸醫的小巴戈寶可夢，也抬起牠那張無辜又可愛的臉，無病無痛地依偎在MJ腳邊。

怡敏彷彿能聞到自己昏倒那天的氣味，以及那日難產大家拔河接生出來的小牛，哇！牠已經長得好大了，就站在窗外吃草。

圍在承翰身邊的動物就更多了，有些承翰已經忘了牠們因什麼病而進來，卻忘不了牠們的名字，只有一面之緣的、照顧好幾個月的，牠們舔著蹭著承翰撒嬌，領著牠們往前走的，是黑得發亮的Zoe。

走上臺的家豪步步艱難，因為從小跟他最要好的種公豬喬巴不太會走樓梯，旁邊還繞著一隻Jordan來湊熱鬧，老黃你看到了嗎？Jordan跳得很高呢。

家豪拿著獸醫師誓詞，舉起右手，全體同學跟著慎重舉起右手，字字堅定地念出：

「我被授與獸醫專業，在此慎重地宣誓——
我將尊重我的師長並視我的同業為手足。
我將善用所學知識與專業技能，
用於改善動物健康、提升動物福利、尊重動物生命、
保護動物健康、解除動物痛苦、維護畜產品來源的安全、
促進公共衛生及發展醫療新知。
我必本良心與尊嚴而行獸醫天職，
將不斷精進專業知識，視為終身責任。
我願為改善人類與動物之間的關係，促進社會的和諧與保護環境而努力，
盡我的力量維護獸醫學的榮譽和高尚的傳統。
基於以上的理念，我鄭重地、自主地宣誓以上的約定。

宣誓人：獸醫學系第一〇二級，張家豪」

每個人念出自己的名字，與此刻的自己、身旁的老師同學，以及與所有在學習過程中，無私陪伴、提供生命作為教材的動物們，往後可能相遇的動物們，慎重約定。

之後

15

清晨，豬隻們微微感到飢餓，如果聽見人的腳步聲、聞到飼料的味道，就開始用盡力氣呼叫，餓！好餓！快來餵我！家豪就在這樣的呼叫聲中起床，快步加入父親的工作行列。

不管前一天晚上多早或多晚被原文書催眠，他永遠沒辦法比爸爸更早起，也永遠猜不透，爸爸明明面帶鄙夷、以不屑的口吻說：「你考不上啦，不要考了，反正現在當獸醫沒前途，你敢當獸醫我就打斷你的腿。」卻又燉了豬腦湯為他進補，要家人鄰居都放輕聲量腳步不可吵到他念書，還去遠的近的廟宇都點了光明燈甚至捐了一根柱子，祈求家豪榜上有名。爸爸跟媽媽吵架的內容跟去年一模一樣，怪罪對方逼家豪去念獸醫系，念得這麼辛苦。

而現在的家豪已經不同了，考得上執照是運氣，考不上執照是命，自己就是認分地把全部的書都念完至少一遍，考完就去當兵。

選擇困難。如珊每天都到圖書館報到，埋首於浩瀚的考古題與筆記間，歷年考古題裡的單選複選題已經耗去如珊九十九％的腦力，僅剩的一％勉強可以決定午餐要吃什麼。

難怪，怡敏總是吃同一家店同一種口味的便當，如珊想起了怡敏，當然也想起曾經共同奮戰的伙伴們，大家都還好嗎？家豪是不是常被厚重的病理與傳染病催眠？承翰沒有常跟家人吵架吧？實驗診斷裡密密麻麻背不完的細節，一定會被MJ編成rap來唱吧？哈哈，如珊偶爾會把MJ交代「千萬不能說是我給妳的」那個隨身碟拿出來看，裡面每一張家豪視角的照片裡都有自己、都沒有家豪。他是空氣，毫無存在感但是必須，這個笨蛋為什麼不早說呢？害如珊誤會了他整整五年，還一直替怡敏製造機會，但如果，家豪真的告白了呢？

「我該怎麼決定好呢？」如珊問大胖。睡眼惺忪的大胖抬起頭，打個哈欠伸個懶腰，然後把頭枕在如珊的腳上繼續睡，悄悄放了個很臭的屁。

畢業後，如珊自願代為照顧哈士奇大胖，直到家豪當兵退伍回來再領走，因為養狗是一輩子的事，朋友也是，不論過去、現在、或以後，如珊不想失去家豪這個空氣般的朋友。

獸醫師執照考試前一週，如珊接到教學醫院通知，自己候補錄取為住院醫師，將展開為期兩年的小動物內外科訓練，驚喜之餘，在學校的官網看到新發布的人事異動：永潔學姐升為外科部主任，原缺由阿凱學長擔任總醫師。

所以，阿凱學長沒有要去美國考專科醫師？所以要跟阿凱學長一起工作了嗎？所以……所以……

輾轉無法成眠的夜裡，如珊試著假想一個獨當一面的獸醫師——她在情感上必定也很獨立，會勇敢做出選擇，而不是被選擇。就這麼決定了：直到國考之前，不接阿勇的電話，不看阿凱的訊息，也不主動找家豪聊天，說到做到。

考試當天，如珊到捷運站才發現忘了帶錢包出門，整個包包沒有准考證沒有身分證沒有鉛筆盒沒有手機只帶了早餐，就像她空蕩蕩的腦袋一樣，站在捷運站閘門口擋住後面好多人不知該怎麼辦，這樣也想成為獸醫？如珊嘲笑自己。

不！不能在最後關頭放棄，我要成為獨當一面的獸醫！

如珊以這輩子最快的速度（還是很慢）跑了半公里回家拿，當機立斷地打了一一〇，告訴警察先生她的處境有多麼危急，真情流露地邊說邊哭。

幾分鐘後，如珊搭著哈雷機車在大街小巷流竄奔馳，終於在最後一秒出現在考場，呼，還好，趕上了！

如珊還喘著氣、心跳個不停，每個題目看起來都有印象，但是每個答案寫起來都沒把握，A選項浮現阿凱學長的臉，B選項是家豪，C選項是初戀阿勇，D選項是以上皆是，該怎麼辦，過去一個月的閉關努力，難道就這樣前功盡棄？

另一個考場外，承翰的媽媽在陪考區削蘋果，已經不是小孩子了，哪裡需要家長陪考呢？承翰媽媽並不知道承翰喜不喜歡吃蘋果，一刀一刀地削著蘋果只是為了鎮定自己的心。承翰在哪裡跌倒，就在哪裡爬起來，這個令爸媽驕傲的獨子，曾經拋下一切遠行，差點以為他再也不回來的乖兒子，終於在祖母病危時，答應父親會去念學士後中醫了。承翰絕對考得上的，不論是學士後中醫或獸醫師執照，但如果不打算當獸醫的話，又何必來考這個試呢？媽媽不懂，為了讓自己安心，承翰媽媽繼續削著蘋果。

第三節考試開始，監考老師在缺席的考生座位上畫上一個大叉叉，表示此人已缺考兩節，就算現在出現也不能再參加考試，等於棄權。

這是怡敏的座位。

獸醫師執照考缺考率相當低，畢竟一年只考一次，錯過了這次只能等明年，所有人都是有備而來，就算沒有把握也要到考場猜一猜，換個經驗值也好。

怡敏當然也是，她永遠都準備好了，只可惜命運讓她遇上那個意外。

那天早上的交通很順暢，怡敏騎著機車往考場的途中，按照計畫還來得及從容吃完早餐，但所謂意外就是意料之外，從某個路口的紅燈開始，怡敏就注意到了前面那臺機車……用鍊子綁著一隻土狗。

綠燈了，機車催動油門，狗也開始跑，油門催得越快，狗就得加速跟上，一路暢行無阻，狗只能死命地跑，跑不動的狗被拖行著、摩擦著，主人回頭看了一眼，繼續催油門。

怡敏一路跟著這臺機車，沒有在該轉彎處轉往考場，沒有在第一節考試前抵達座位，而是好不容易在某個路口攔下這個沒良心的主人，指著他的鼻子警告他，動之以情、說之以理，也不給對方反駁的機會，就動手檢查狗的傷勢，四腳肉墊、關節處、腹部都有嚴重擦傷、大量出血，腳掌骨有骨折，怡敏簡單幫狗處理、做初步固定，然後放上自己的摩托車腳踏墊，送牠去急診。

留下傻眼的主人在路邊，懷疑這正義魔人到底是哪來的？

直到在動物醫院櫃檯，怡敏掏出錢包看到准考證，立刻看看手錶，都快中午了，怎麼會？

為了路上毫不相干、素昧平生的一隻狗，錯過了重要的考試，自己什麼時候變成這種蠢蛋？

沒有成為該屆獸醫師考榜單上的第一名，這個恥辱跟隨著怡敏多年，直到後來怡敏以第一名通過獸醫師高考，進入公職體系服務，她都忘不了這件事，每當有人問她為什麼當公職獸醫？是對公共衛生、疾病防治感興趣嗎？

不！怡敏是為了改革體制而來的！即使日後她當上了防疫檢疫局的高官，又被轉借到大學任教，她會常常說起這個小故事——

「所有考試不光只是筆試成績而已，實習與實際行動才是更重要的，就像多年前有個堅持不肯透露姓名的女孩，為了救路邊的一隻狗免於死亡，而錯過了某個攸關前途與聲譽的考試，因而無法取得執照，你能說她不是獸醫嗎？

「不！不管你在什麼位置，什麼身分，只要你為動物著想，為了維護牠的生命、牠的生活品質而盡一己之力，那就是獸醫應該做的事。」

聽到這小故事的學弟妹，在心裡許下願望，期待自己以後能像這位學姐一樣充滿理想，對人對生命都這麼溫暖。他們眼中的怡敏，不是被掃地阿姨與藥局阿姨聯合惡整的那個第一名，而是同時看到了家豪、如珊、MJ與承翰，這五人形象的綜合體，究竟是誰影響了誰呢？

這結果不太令人意外，家豪沒有通過獸醫師考試。

於是爸爸被氣到中風（說好的不希望家豪當獸醫呢？），所以獨子家豪退伍之後，理所當然接手家裡的養豬場，照顧父母。如果有機會他還是會再去考的，一次考不上考兩次，兩次考不上考三次，直到考上為止。

MJ在軍中自願擔任軍犬醫官，在退伍前透過各種管道為軍犬發聲，拍影片、辦公聽會，當然也被軍中前輩威脅恐嚇不要惹事，最後，透過教學醫院外科主任聲援，由立委立法，讓民眾可以認養退役的軍犬。

外科主任一定是永潔，MJ直覺這麼猜，做事這麼有效率、這麼有義氣又剽悍的，就是永潔。

退伍後的MJ陸續在幾家動物醫院工作，總是因為心性不定而隨意辭職，後來在承翰的引薦下到歐洲實習，並在當地念了動物行為的學位，畢業後足跡不只歐洲，還遍布世界各地，他走到哪裡都會寄明信片給永潔，沒有署名，只寫了「再見」兩個字。

那就是MJ，永潔拿著明信片篤定地這麼想。因為一定會再見的，一定會。

承翰念完學士後中醫，順利考取中醫師，為人看診之餘，同時研讀中獸醫，定期到愛心媽媽狗場幫狗針灸，並回母校開設中獸醫課程。

如珊是獸醫師考榜單上錄取的最後一名，幸好。身為住院醫師，她還是常常為學弟妹示範什麼叫做手足無措與驚聲尖叫，逼得老黃總是放話要fire掉她。

有一次，如珊看診時警報器大響，如珊的頭也嗡嗡嗡地痛，那是什麼？窗戶、門縫竄進濃煙，是火災！如珊一把抱起診療檯上的雪納瑞，踢開已經發燙的門，大廳裡亂竄著慌張的大小動物們，「來來來，大家跟我來」，自己都害怕得要死的如珊指揮動物們逃生，語氣之溫柔冷靜彷彿一切都在掌控之中，哪來的勇氣？動物們疏散得差不多了，如珊趕在火苗濃煙追上之前，回頭檢查還有沒有誰困在裡面……

如珊意外表現得超冷靜、神果斷，彷彿在夢中預演了千百次，事實證明，日復一日的臨床訓練改變了這個人，如珊感覺自己朝著「獨當一面的獸醫師」又邁進了一大步，輕飄飄地、夢幻般的配樂即將響起，連空氣聞起來都是甜的……

老黃對著這個傻笑呆滯的住院醫師只能搖頭，碎念著「勉強可以啦，還需要多練習」，走過來拍拍如珊，說：「豬腦袋，這只是場演習。」

——THE END

STORY052

獸醫五年生

作　者—林俐馨
封面插畫—Jiji吉吉
主　編—尹蘊雯
責任編輯—王瓊苹
責任企劃—吳美瑤
美術設計—FE設計
排　版—邵麗如
編輯總監—蘇清霖
董事長—趙政岷
出版者—時報文化出版企業股份有限公司
一〇八〇一九臺北市和平西路三段二四〇號三樓
發行專線—（〇二）二三〇六六八四二
讀者服務專線—〇八〇〇二三一七〇五・（〇二）二三〇四七一〇三
讀者服務傳真—（〇二）二三〇四六八五八
郵撥—一九三四四七二四　時報文化出版公司
信箱—一〇八九九臺北華江橋郵局第九九信箱
時報悅讀網—http://www.readingtimes.com.tw
電子郵件信箱—newlife@ readingtimes.com.tw
時報出版愛讀者—http://www.facebook.com/readingtimes.2
法律顧問—理律法律事務所　陳長文律師、李念祖律師
印　刷—紘億印刷有限公司
初版一刷—二〇二二年十二月十六日
初版三刷—二〇二四年一月十七日
定　價—新臺幣三六〇元
（缺頁或破損的書，請寄回更換）

時報文化出版公司成立於一九七五年，
並於一九九九年股票上櫃公開發行，於二〇〇八年脫離中時集團非屬旺中，
以「尊重智慧與創意的文化事業」為信念。

獸醫五年生/林俐馨著. -- 初版. -- 臺北市：時報文化出版企業股份有限公司, 2022.12
面；　公分
ISBN 978-626-353-243-4（平裝）

863.57　　111019558

ISBN 978-626-353-243-4
Printed in Taiwan